JN142356

介護の流儀

人生の大仕事をやりきるために

曾野綾子

河出書房新社

介護の流儀　人生の大仕事をやりきるために　＊目次

第一章　夫の介護

第二章　親との同居、そして看取り

第三章　介護を楽にする考え方

第四章　友という最大の味方

第五章　老い、病、死

介護の流儀

人生の大仕事をやりきるために

まえがき

内情を明かすと、私は人生で一つも大仕事をやらなかった。大仕事と思われるものは、最初から計画しなかったか、慌てて避けていた。私はその程度には自分を知っている卑怯者であった。だから反対に他人とは違って、自分ならできるかもしれないと思う、無謀なことはやった。サハラ砂漠の縦断などである。もちろん一人ではない。砂漠をよく知っている人の知恵を借り、長年砂漠に行きたいと言っていた人を少人数集めて安全を計った。

しかし本来、サハラに行くなどというのは決して大仕事ではない。サハラは、慎重に計画を立てれば、まず予定通り乗り切れるのだ。しかし介護はそうではない。むしろ終わりの見えない大仕事だ。ただ砂漠の縦断と介護が似ているのは、どちらも他者の手助けなしにはやれない、ということだ。

もちろん私は何十年も一人で親の面倒を見てきた人を知っている。ほとんど施設に預けることもなく、淡々と老いた親を生かすことだけに手を貸してきた偉い人たちだ。

私はカトリック教徒なのだが、私たちの世界では、そういう人たちを讃える簡潔な名詞を持っている。「聖人」とか「聖女」とか言うのだ。しかし私の周囲の多くの人たちは聖人でも聖女でもない。少なくとも見た目にはそんな顔をしていない。しかし愛の行為に徹した人は、「聖人」か「聖女」と言っていい。

愛情の基本は「共にいる」ことだろう。それも「ずっと一緒にいる」ことだ。それでも一緒にいることが、嫌になる時間はある。だから私たちは言い合いをしたり、時々サボタージュをしたり、家事を怠けるという形で遊びに出たりする。それでも多くの人が数時間、数日で、仕方なく元の場所に戻ってくる。気になる人がいるからだ。それが介護の実態だ。いや、そう言うより、介護などというものは、初めから、その程度の看取りだと、私たちはどこかで自分を許しながら、その責任を引き受けたのだ。

私の若い頃、日本人はこんなに長生きではなかったから、老人を看取ることも大した社会問題ではなかった。しかし介護が「老老」の関係になると、現実にベッドの上の人を、介護者が助け起こせない場合も出てくる。

この本は、そうした問題を解決する実用書ではない。解決できないままに、家族が当人と共に荷物を、少しだけ時々背負おうとした記録だろう。しかしだから何とか過ごせたのだ。そしてその程度の力なら、あらゆる人、あらゆる家族に備わっている。別に私の場合が、願わしい状態であったとは全く思えないが、私らしくやり過ごしてきたことを、多分「運命」は認めてくれただろう。

我が家の流儀というものは、多分その程度のものなのだ。

曾野綾子

二〇一九年春

第一章

夫の介護

六十年間一緒に暮らした
夫・三浦朱門を看取って二年。
今、私が思うこと。

夫の介護人として
――自分のことは自分でする、ということ

今年の私の、極めて私的な変化は、夫の介護人になったことである。夫は二〇一五年六月に転倒し、約三週間入院しているうちに、軽い認知症的症状が出始めた。すぐに退院させたが、幸いにもまだ穏やかな程度で、自分のお皿を流しに運んだり、私の分のご飯をよそってくれたりする。時々痛烈に社会を皮肉ることも瞬発的に言う。

しかし私は家族を、病院にせよ老人ホームにせよ、施設に預ける気を失った。それらの場所では日々の生活が保証されているから、ぼけが進んで当たり前なのである。

それで私自身が、家で介護人になった。できるだけ手抜きをし、病人といえども、自分のことは自分でするという気持ちを持たないと「生きていけないものです」とイ

ヤミも言う。お金があるからとか、施設に入るコネがあるとかで個人的便利を得ても、これだけ増え続ける老齢人口を、政府が公的な場所で全員面倒を見られるわけがない。当節「平和」を口にする人は、デモに行く時間に、まず自分の身近の人たち、親、兄弟、隣人、友人などの面倒を見ることだ。

奉仕のことをギリシャ語では「ディアコニア」というのだが、「ディア」は何々を通して、という接頭語で、「コニア」は塵、あくた、汚物、というような意味らしい。昔一人の神父が、「だから奉仕というのは、排泄物の世話をすることだけです」とはっきり言われたことがある。老人ホームに行ってコーラスを聞かせたり、フラダンスを踊ってみせたりするのが奉仕だと言っている人もいるが、それは自分が見せたいからで、奉仕ではないというのだ。

日本は容易ならぬ状態に追い込まれている。老人の面倒を見る人手がなくなっているのだ。足りないのは金でも物でもない、人手なのである。だから東南アジアから労働移民を入れるという手も昔は考えられたが、将来はほとんど当てにできない。まだ若い世代は、老後必ず一人で生きてみせる、などと言うが、私のように実母、舅(しゅうと)

姑と三人の老後を自宅で見て、自宅で臨終を見送った経緯を知っている者には、甘い考えとしか思えない。

しかし老人問題と同じほど、二〇一五年の日本にとって公的に暗いニュースだったのは、日本の企業が、道義心を失ったことである。どこかの国のように、偽物を作って売るというような国民性が、繁栄につながるはずはない。

日本人は政治的手腕もあまりなく、商才もさしてない。しかし愚直なまでに、純粋に手を抜かない正直な製品を作る職人的矜持を持った国民だということになっていた。

それなのに、粉飾決算を何年も見逃し、建物の強度をごまかし、血液製剤まで信用できないものにした。はっきり言うと彼らは、日本人の未来を大きく傷つけたという意味で「国賊」と言うべきだ。

そういう会社はつぶすべきだと私は考える。それによって運命を狂わされる従業員は気の毒だが、彼らもまた現場の事情を知りながら、告発もせずにいたという道義的責任を負わねばならないだろう。

時に危険なジョークは頭を活性化させる

——病人にも老人にも任務を与える

夫の介護人の生活を始めるようになってから、私はテレビの介護風景を、前より気をつけて見るようになった。

すると、気持ちの悪い光景が多いことに気がついた。前からそうなのだが、老人ホームなどの介護の光景では、必ず若い女性の介護士さんが、笑顔いっぱいで老人の手伝いをしているのである。ほんとうにいつもそうか？　と思う。私は若くないせいか、そんな愛想のいい顔で、老人には付き合えない。

認知症の度合いというものは説明し切れないものだろう。風邪とは違うのだから、何月何日から発病しました、というものではない。

私は父母三人の晩年を見たので、認知症の兆候は、はんとうに確認できるはるか以前、十年、あるいはそれ以上も前から、性格の変性という形で出ていたことははっきりしている。

テレビで認知症の夫を介護している女性たちは、どの方も夫にご飯を食べさせている。それだけ行動も不自由なのかもしれないが、老年でも訓練と知的刺激を相手に与え続けることは大切なのだ。夫は日に七回も転んだ日があって、それ以来、歩くのがひどく下手になったが、食事もトイレもすべて自分でする。食べるという本能の前には、人間はかなり無理をしても動けるのかもしれない。だから、できるだけ自分で食事を取ってもらう習慣を続けることだ。優しく食べさせてあげることが、必ずしも親切ではない。

病人にも、老人にも、生活の中で任務が与えられていた方がいい。「お使いに行ってきますから、玄関のベルが鳴ったら、ゆっくりでいいから出てください。ついでにドロボーの番もしてくださいね」と私は言う。すると、「よし、分かった」などと答えている。

川崎の老人ホームで、高齢者三人が連続して四階と六階から落ちて死ぬ事件があった。事故にしては不自然なので警察が調べると、介護人の若い男性が、わざと突き落としたのだと判明した。理由は、その中の男性の老人が、お風呂に入ってくださいと言われるたびに、頑固に拒否して扱いに困ったからだという。

このニュースを聞いた時、私はすぐ夫を脅して、言った。

「ほら、ごらんなさい。お風呂に入るのを嫌がると、四階から突き落とされるのよ。あなたも用心した方がいいわよ」

うちでは落とすとしたら、犯人は私しかいない。しかし、二階までだって運び上げるのはウンザリだし、そもそもうちには四階がないのだ。

私の友人のご主人は、お風呂に入っても背中を洗わない。そして注意されると、「僕は生まれてこの方、背中を洗ったことはありません」と威張っているのだという。可愛くないお爺さんばかりだ。

しかし、危険なジョークというものは頭を活性化させる。老人にも認知症にも必要な塩味だ。うちでは皆が、何十年と危険なジョークを口にして笑って生きてきた。

夫は最近、「四階に住んでいる奴には、注意しとこう」と言うようになった。それでこそ彼らしいというものだ。

「自立した生活」こそ最高の健康法
――「お客さま扱い」が認知症にさせる

私は毎朝、食事が終わると、昼と夜のおかずを決める。冷凍の食材をとかす必要がある場合が多いからなのだが、昼には我が家では小型の「従業員食堂」みたいに秘書も一緒に食事をするし、夜は夫と二人の小人数で、あまり手をかけたくないからである。

しかし私は昔から、どうしても家で作ったご飯を食べなければおいしくない、という先入観を持っていた。たまにコンビニの食べ物の便利さに感動もしているが、やはり基本は我が家で作ったおかずである。ぶり大根など煮ると、たまたま仕事で来られた方にも、お菓子代わりに出している。ほんとうは、お菓子などを買いに行くのが面倒になってきたからである。

最近私は朝ご飯の後で、すぐに野菜の始末をすることにした。お昼にもやしと豚肉の炒め物を作ろうと決めたら、朝飯の後でもやしのひげ根を夫にも手伝わせて取るのである。

夫は九十歳近くなるまで、もやしのひげ根など取ったことはなかったろう。ひげ根については、友人たちの間でも賛否両論があり、私は面倒くさいからそのまま炒める、という口だったが、週末だけ我が家に手伝いに来てくれる九十二歳の婦人は、ひげ根は取るのと取らないのとでは、味に雲泥の差がつくという。

夫を巻き込んだのは、私の悪巧みである。私は常々、「人は体の動く限り、毎日、お爺さんは山へ柴刈りに、お婆さんは川に洗濯に行かねばなりません」と脅していた。運動能力を維持するためと、前歴が何であろうと——大学教授であろうと、社長であろうと、大臣であろうと——生きるための仕事は一人の人としてする、という慎ましさを失うと、魅力的な人間性まで喪失する、と思っているからだ。

それと世間には、最近、認知症になりたくなければ、指先を動かせ、字を書け、というようなことが信じられ始めてきたからでもある。料理もその点、総合的判断と重層的配慮が必要な作業だという点で、最高の認知症予防法だということになってきた。もやしのひげ根でも、インゲンまめの筋でも、二人で取るとなぜか半分以下の時間でできる。三人で取れば、四分の一くらいの時間で作業は終わってしまう。家族で同じ作業をほんの数分間する、その間にくだらない会話をする、ということの効果は実に大きい。老人からは孤立感を取り除き、自分も生活に一人前に参加しているという自足感を与える。そして自称「手抜き料理の名人」である私にしてみると、野菜の始末さえできていれば、料理そのものはほんとうに簡単なものである。

昔、引退したらゆっくり遊んで暮らすのがいい、と言われた時代があったけれど、私の実感ではとんでもない話だ。「お客さま扱い」が基本の老人ホームの生活、病院の入院、すべて高齢者を急速に認知症にさせる要素だと私は思っている。要は自分で自立した生活をできるだけ続けることが、人間の暮らしの基本であり、健康法なのだ。

「手抜き」「怠け」の精神にも効用がある
——夫を歩かせる「スプーン一本運動」

私は昔から「かいがいしい妻」とは正反対の悪い性格だったから、食事の時、コーヒーカップにスプーンをつけ忘れていても、すぐに立って取ってくることはしなかった。自然に夫は自分で立って取りに行くようになった。そして八十歳を過ぎた頃には、「人にものを頼まない方がいいな。僕が自分でスプーンを取りに行けば、それで行きに四歩帰りに四歩、合計八歩は余計に歩くことになる。長い年月には、それだけでも歩く距離が増える。いい運動だ」と言うようになった。私はそれを嫌みとは聞かなかった。事実そうだったし、ここでいい女房に変身すれば、長年培ってきた悪評という特徴と、楽に生きる方法を失うことになる。

自分自身に体力がなくなると、私はさらにさぼる方法を考えた。一旦座った食卓からスプーンを取りに行こうと思うから、辛いだの面倒だのと思うようになる。食卓の上に、書道用の筆立てを二個おいて、そこに必要なものを全部入れた。一個はナイフ、フォーク、チーズカッターなどの金物用。もう一個はお箸などの木製品用。箸立てにお箸を立てたままにしておくのは、大衆食堂風と知っているが、筆立てを少しだけ趣味的なものにして救われている、と自分で思うことにした。とにかくこれで、何を食べるにしても必要なものが手元に揃っている。

私は毎日毎日、楽したままで生活を便利にする方法を考えるようになった。その趣味でけっこう忙しい。冷蔵庫の中の残り物はよく覚えておいて次々に食べてしまうから、庫内はがらがらで奥の壁が見えている。これで探し物をしなくて済む。パン用のジャムやバター、ご飯用の佃煮や漬物類は、それぞれ一つの細長いバスケットに入れて、それさえ冷蔵庫から引き出せば、食べ残しがないようになっている。バスケットならぬバカケットである。

高齢者の中には、年々できないことが増えることを悲しんで、しかも退屈している人がいる。しかし時間の変化というものは、人に日々新しい問題をつきつけてくれる。それに対してその都度対処していけば、年を取ることに対して一方的な負け戦にならないで済む。なかなかおもしろいものだ。手抜き、ずる、怠け、などという性格は、昔から悪いものとされていた。しかし、手抜きだから続くこともあり、ずるいから追いつめられもせず、怠けの精神が強いからこそ、新しい機械やシステムの開発につながる。

よく気のつく奥さんが理想だという基本は変わっていないのだが、私のような手抜き女房もそれなりに、自分が楽に機嫌よく暮らせる方法や、配偶者の運動能力を保つのに、一役は買っている。

魔法のように食卓の上にすべての必要なもの――最近は食器だけでなく調節用の調味料のお盆まで加わった――をおくことも一つの工夫だし、「スプーン一本運動」とでも言うべき夫を歩かせる確信犯的さぼりも、それなりに意味はあるのである。

高齢者の務めとは

——家中を整理し、新しい生活態勢を

「一億総活躍社会」という総理のうたい文句が、嘲笑や非難の的になっているが、私は実に実感のある言葉だと思っている。

総理は体裁よく発言されたが、実は高齢者が引退してのんびり暮らすなどということができる時代はもう終わったということなのだ。今の私は夫の介護人をやっているのでそう解釈している。

人間、一人で死ぬことは別に気の毒でもないし、死ねれば楽なのだが、社会にとっても個人にとっても問題なのは人間がなかなか死ねないことなのである。高齢な病人が、一人で暮らす時期が長く続くこともあるという覚悟が要る。

その時期、問題になるのは食べることではなく、排泄をどう解決するかということに尽きる。食事は一種の「給餌（きゅうじ）」だから、時間を限って誰かが寝たきり老人の枕もとに運ぶ体制を作れば、さして困難なことではない。しかし排泄は「時間と所かまわず」の面がある。定時に見回れば、それで解決する問題ではないのである。

一人で死ねるという人は、自分の行動が不自由になった時、汚物まみれで臭気を放ちながら生きていく覚悟ができているのだろうか。我が家の高齢者は、まだ一人でトイレに行けるからいいのだが、転んで手が不自由になっているから、食事の時よく服を汚す。しかし自分で洗濯物を洗う力はない。

私は病人のいる家庭の第一の目標を、清潔においている。衣服はボロでもいいが、体も衣類もたえず清潔で、家の中に臭気などしないことが大切だ。しかし一人で老い、病む場合、この状態を保つことはほとんど至難の業だ。

私は幸い性格がいい加減なせいか、どうしたら手抜きをしながらその目的を達せられるか、ということに情熱を燃やし、家中を整理して新しい生活態勢を作った。思い切り雑物を捨てた家の中には意外な空間ができ、行動の不自由な人が楽に歩けるようになった。一番広い居間兼食堂だった部屋を病室に変え、そこは人を通さない気楽な空間にした。寝具も洗えるものばかりにし、布団ごと気楽に洗っているから病人臭も残らない。しかも台所に近いから、家中の雑音や家族の声も聞こえる。何より自分の家で、食べなれたものを食べ、好きな本を身近において、周りで家族が勝手なことを言っているのが聞こえている日常性が大切だと思っている。

共同生活をする親友は、健康で楽しい時代なら共有するが、無限に続く汚物の処理までしてくれるのかどうかは疑問だ。それをできるのは現実的に家族しかない。

足りないのは老人ホームなどの建物ではないのだ。人手である。これはいかなる政府も解決できない深刻な問題だ。だから日本人は、高齢者でも健康な限り最期まで、より不健康な人のためにどこかで働け、ということだろう。

子供を育てることと、老人を人間らしく見送ることとは、何の事業よりも「神が喜ぶ」大切な仕事のように私は感じている。「総活躍社会」とはそういうことに違いない。

夫源病(ふげんびょう)の発生メカニズム
——夫の存在が妻の健康に害を及ぼす?

「毎日が発見」という雑誌で、「夫源病(ふげんびょう)」という特集をしていた。

自分では気がついていないけれど、夫の存在が主に更年期障害の理由とされるものを言うらしい。さらに定年後、夫がうちにいるようになる頃発生するさまざまな慢性病を指している。定年後の暮らしについて、世間の夫たちの十二・五パーセントが、「とても楽しみ」と答えているのに対して、妻の方はたった一パーセントしか、楽しみと感じていない。つまり、願わくば、夫には今まで通り家にいてほしくないのだ。

一方、定年後の生活を「とても不安」と答えたのは、夫がわずか二・五パーセントなのに、妻の方は十三パーセントもある。

夫源病の病名がいくつか挙げられている中に「線維筋痛症の疑い」という項目があるのを見て、私は「そうだ。私も夫源病だったんだ！」と思い当たった。

私はここ数年、この病気の症状と思われるもので、少し不自由をしているからである。「疑い」となっているのは多分、この病気には、今のところ確定できる数値の異変も病原菌も、従って治療法も発見されていないからである。

すると夫の方も嬉しそうに、「僕の方にもあるぞ。僕の『過敏性腸症候群』がどうしても治らないのは、これはつまり妻源病だったんだ」と言う。

この記事は大阪樟蔭女子大学学芸学部教授・石蔵文信（ふみのぶ）氏の著書『妻の病気の9割は夫がつくる』から抜粋されたもののようである。

「今すぐ夫をチェックしよう」というリストもあって、これに引っかかる夫には、妻の健康に害毒を及ぼす危険性があるらしい。

「人前では愛想よく、家の中では不機嫌」

というのが第一項目である。我が家の夫は、この反対だ。外ではぶっきらぼうだが、うちの中ではにこにこしている時が多い。これは人付き合いがいい人の正反対である。

「家族に対し、上から目線で会話する」

にも夫は該当しない。もしかすると私は、講義をしてくれる人が好きだから気にならないのかもしれない。

「とんでもない。家事を頼む時はおろおろしている」と夫は言うだろうけれど。

「家事をまったく手伝わず、口だけ出す」

こともない。私より夫の方が、こまめにお皿を流しに運ぶ。しかしそれは優しさのせいではなく、こんなところでまでこまめに運動をしておけば、女房より長生きするだろう、という計算かららしい。

「家族を養っているという自負が強い」

夫は恐ろしくお金を使わない性格である。私に言わせると、質素を通り越して吝嗇に近い。とにかく、本以外には何も要らないのである。私に髪を刈らせるから、床屋代も要らない。自分が稼いできただけとうてい使っていないから、残りを家族がどんなに使おうと知ったことではないのである。私はお金の使い方で、文句を言われたことがない。

「『ありがとう』『ごめんね』を言わない」

夫はこんなことくらいよく言う。そう言って褒めようものなら、多分「タダだもんな」と言う。昔から不実が売り物なのである。

「妻の行動や予定を細かくチェックする」

こういうこともしない。それどころか、妻がどこへ誰と行くか、私の口から聞かされても注意して聞いていないから覚えていたことがない。

私がサハラに行った時、知人たちから、「奥さん、サハラだそうですね。よくそんな危険なところへ出かけるのをお許しになりましたね」とでも言われようものなら彼は嬉しそうに答えていたようである。

「何でも砂漠に行くと、神が見えるんだそうですよ。しかし砂漠に行かないと神が見えないとは、不自由なもんですな」

女房の馬鹿さ加減を口にするのは、日本の男にとっては実に無難な快楽であるらしい。

まだ若い時、或る日、電話口に出た夫に、相手が、

「曾野さんはおいでですか？」

と尋ねた。すると夫は、

「彼女は、誰か男の人と出ていっちゃいましたけど」

と答えたと言って、秘書は笑い転げていた。夫にすれば、自分が名前を知らない編集者と私が、仕事で出かけたことを言ったのだから、別に不正確ではない、ということなのだ。

私の親しい女流作家のご主人は、彼女が「仕事でどこどこへ行きます」と言うと、まず「僕の飯は？」と聞くのだという。彼女が誰と、どんなところへ行くのかは全く心配していない。それより留守をする自分のご飯の方が心配だということはよくわかる。いずれにせよ、妻の行動を細かくチェックする夫族は、私の周囲にはあまりいない。

「仕事関係以外の友人や趣味が少ない」

というのは我が夫にも当てはまる。彼は本だけだ。八十八歳に近くなっても、三日にあげず本屋に行く。二階の寝室には、どんどん本が増える。大地震が来る前にこの本を二階から下ろさせねば、五十年も経つ我が家は倒壊すること間違いない、と私は本気で恐れている。

私は夫と正反対の性格で、好きなことだらけだ。畑仕事、料理、それに片付け物。つまり家の中に空間をたくさん作ることが趣味である。友人も多い。お惣菜でご飯を食べに来てくれる友達がいないと寂しい。

「妻がひとりで外出するのを嫌がる」

そういうこともない。ほんとうは私がいた方が「毎日のおかずが複雑になる」とは思っているだろうが、「長い年月、俺は結婚生活に耐えてきて、そんなことくらいに弱音を吐く男ではない」と思っている節もある。だから私がアフリカに行くと言えば、仕方がないと思っている。それに、私が一人でアフリカへ行けなくなったら、私の健康に問題が生じた時なのである。

「家事の手伝いを自慢する自称『いい夫』」

でもない。家事を手伝うのは、女房のためではなく、自分のトレーニングだと思っている。

「車の運転をすると、急に性格が変わる」

 こともなかった。

二〇一二年の八月十五日、恒例になっている靖国神社参拝に行った時、近くのホテルの駐車場で、夫は柱に軽く車をこすって傷つけた。前々から夫に運転をやめてほしかった私はそこで大々的にケンカをして、その日にやめる決心をさせた。

いい記念日になった。戦争で亡くなられた方たちこそ悲願とされたに違いない「自分も人も殺さずに済む」という目的が、これでも一部果たせたからである。

私はそれから靖国神社の拝殿の前まで行き、こんな平和な日本の今日を、命にかえて贈っていただきましたおかげで、夫にも生涯人身事故を起こさせないで済みました、と英霊に深くお礼を申し上げたのである。

尽きることなき笑いの種
――遊びながら時代に応える

九十歳になる夫の三浦朱門は、親友のほとんどが亡くなられたことを心底寂しがっている。ことに遠藤周作氏と阿川弘之氏と機会あるごとに喋(しゃべ)れなくなったのは、堪(こた)えているようだ。

しかし我が家の中では、今でもこの方たちは生存中と同じように会話の中に出てくる。

先週も、「こういう時は遠藤から電話がかかってきたんだろうになあ」と夫が言った。新聞で秘密の蓄財法といわれる「パナマ文書」のことがしきりに取り上げられていた頃である。

つまり昔なら、こういう時、遠藤周作氏からある日電話がかかってくるはずであった。ご本人は他界しておられるので、以下の話はすべて夫の作り話だが……。

その架空の電話は、遠藤氏の、

「おい三浦、お前、パナマに貯金あるか？」

という質問で始まるのである。

「ないよ」

「俺もない」

夫は作家だけあって相手を見て答えを変える。誰かわからない相手から「いい投資先があるんですが……」などという電話がかかってくると、夫は「僕は先日、四億円ほど儲(もう)けましてね。この金の使い道がなくて困っているんです」などとシャアシャアとでたらめを言って、腹を立てた相手がガシャンと電話を切るのを楽しみにしている。

「どうして四億円にしたの？」

と後で私が聞くと、

「『嘘には三と八がつく』って言うから、一足しただけさ」

と答えたこともある。

三浦に秘密の資産はないとわかると、遠藤氏は少し声を潜め、

「実は俺もないんだ。しかしこういう時にパナマに秘密の金がないというのも後れを取って癪だからな。P誌のAに言って、俺と三浦のところはアヤシイという記事を書かせようや。それには少しワイロもいるしなあ。お前、一万円くらいは出すか？」

「嫌だ」

夫は自他共に認めるケチである。

「千円だって、百円だって嫌だ。Aに百円やるのも嫌だ」

ガシャンと電話を切ったのはどちらからなのかは知らないけれど、二人はこんなことで、仲違いしたこともなかった。一つ終われば、次のイタズラを考えているだけだが、けっこう忙しいのである。

Aというのは昔からなじみの編集者で、二人の中学生みたいなイタズラの手口も熟知し、うんざりしながらつき合ってくれていた大人気ある人物の一人と思えばいい。

野暮を承知で解説すれば、この手のウソにも、イタズラにも、一つの硬派の姿勢は

貫かれている。

それは最近の、正義、平等、人道主義、反権力などを、はずかしげもなく前面に出して振りかざすのが言論人の資格だと言っている人たち（書き手や編集者）への、一つの答えである。態度の悪い二人は、そんなふうにして、遊びながら時代に応えていたのである。

だから我が家には、笑いの種が尽きることはないのだ。

平穏な冬の朝、夫の旅立ち
——よき人々の存在に包まれて

私の年になると、お正月にいろいろな方から、優しい言葉をかけていただくと、思いがけない事実を思い出す。

私の知人の女性の一人なのだが、きれいで心温かく、かつ多情な人がいた。夫との間に一子を儲けたが、まだその子が幼いうちに、夫も子供も捨てて、新しく好きになった男のもとへ走った。妻に捨てられた夫は後に心優しい女性と再婚し、その女性が幼子を育てた。

三十年以上が経って、家も子も捨てた母は、回復の望めない癌（がん）に罹（かか）った。多分彼女の心に浮かぶのは、幼い時に別れて会うこともなかった息子のことだろう。何とかして再会させる方法はないか、と私は考えた。

その時、私の一人の知人が、その役を買って出てくれた。その子が、大学を出てからある役所に勤めていたことを実母は人づてに聞いていたので、その線に沿って探し出せるかもしれない、と彼は言ってくれたのである。

病気の母がまだ意識もあるうちに、その知人はやっと探し当てた息子の住所を、私の手元に届けてくれた。私は病床の母に、

「あなたが、自分で電話する？　それとも私が先にかけておく？」

と尋ねた。

「いいわ、私が自分で電話する」

と彼女は言い、私は電話番号を書いた紙を彼女に渡した。

しかし結局、この母は、ついに自分から息子に連絡を取ることはしなかった。病気になったから、電話をかけたなどということになると、お金か何か助けを求めて連絡を取ったのではないか、と思われるのが嫌だった、と彼女は私に語ったが、それだけのことではなかっただろう。彼女は自分で子供を捨てた罰を自分に課したようにみえ

た。とにかく母と子の長い沈黙の歴史は終わり、母は何も言わず、息子に会う機会も自ら捨てて、この世を去った。

彼女の死後、私は彼女の息子に、母の近影をたくさん用意して渡した。すると彼はためらいがちに私に言った。

「母の顔はよくわかりましたが、母はどういう声をしていた人なんでしょうか。もし録音テープをお持ちでしたら……」

私の手元に声の記録はなかった。

この息子の居場所を探し出してくれた人も、最近の私の夫の死に際して手紙をくれた。たくさんの人たちの配慮に包まれて、夫はこの世を去った。口も態度も悪い人だったから、改めて感謝もしなかっただろうけれど、彼の生涯が平穏そのもので明るかったのは、よき人々の存在に包まれていたからである。

死の朝の透明な気配を私は忘れない。私は前夜から病室に泊まっていたが、夜明けと共に起き出してモニターの血圧計を眺めた。何度も危険な限界まで血圧が下がっていたが、その朝は六十三はあって呼吸も安定していた。朝陽が昇り始め、死はその直後だった。

病室は十六階だった。西南の空にくっきりと雪をかぶった富士が透明に輝いており、自動車も電車も通勤時間に合わせて律儀に走り回っていた。それが夫の旅立ちの朝であった。

夫の後始末、その後

——どん底の状態を、現実的な方法で切り抜ける

夫の三浦朱門は二〇一七年の二月三日に亡くなった。この二月三日で一年が経つ。その間、私は見かけは明るく穏やかに生きてきた。中には、私が以前と同じ家に住んでいるか、とまで聞いてくださった方があったが「私は同じ家で、同じように暮らしております」と笑って答えていた。

何一つ変化を見せたくないような気がする理由の背後には、次のようなこっけいな心理がある。

もし夫の魂が幽霊のように空の高みから今でも我が家を見ているとしたら、私の家の中や庭が急にきれいになったり、それまでにないほど荒れ果ててきたら、夫の幽霊

は、他人の家に来たのかと思ってさぞかし迷うだろう。どちらの変化もない方がいい。ただ、夫が生きていた時から、私は足が冷えて寒い寒いと言って床暖房を考えていたので、その計画だけは続けることにした。

しかし他の生活では、見た目も全く変わらなかった。夫の死後飼い始めた二匹の猫だけが、家族の数を埋める大きな変化である。床暖房を一番喜んだのは彼らだろうと思うと、私は渋い顔になっていたが、同じくらい年を取った女友だちとおかしな会話も交わした。

「もうすぐ死ぬのに床暖房をするんだから、腹が立つ」

と私がぐちると友だちは言い返した。

「もうすぐ死ぬならお金残さずに使った方がいいじゃないの」

私は夫と実によく喋って日々を過ごした。

最後の入院の時、病院は恐らく回復のきざしは期待できない、と思ったからだろう。

「しばらくすると、もうお話をなされなくなると思いますので、今のうちにお聞きになりたいことは、お話しになっておいてください」と言われたが、私は「私共はもう六十年も一緒に暮らしましたから、充分に話はいたしました」と答えた。
どんな問題についても、そして彼の死後でも、私は夫の答えがわかっているような気がしていた。私たちには基本になる姿勢があった。その姿勢はいくつもあったが、そのうちの一つは、カトリック的な解釈の基盤の上に暮らしていたからだろう。私たちは決して理想的な信者ではなかった。しかし私たちは、人間がすべて神の子であり、神はその人によって彼又は彼女が持っているあらゆる特異な才能をお使いになる、と信じていた。

健康は一つの贈られた資質だが、病弱も人を考え深いものにする。秀才による世の中の進歩の恩恵に私たちはあずかるのだが、あまり頭のよくない子供の誠実さにもうたれて、徳というものはどんなものかを知るのである。

私の心の中では、夫が亡くなっても生きる指針はわかっていたが、私たちの毎日の時間つぶしはお喋りだったので、その相手がいなくなったことには堪(こた)えた。

夫が亡くなって三カ月ほど経った或る晩、私は本を読む気力も失った。そういう静かな夜、私たち夫婦は会話をして時間をつぶしていたものなのである。相手のいない夜、友だちに長電話をするという人もいる。私はそれだけは自分に禁じていた。自分の虚しさを埋めるために、お酒を飲んだり、麻雀をしたりするのと、長電話は同じようなものであった。

このどん底の気分も、私は現実的な方法で切り抜けた。テレビで、少し硬派の番組を見ることにしたのである。訳はついていたが、多くは、外国語の番組だった。そして自分の知らない世界が、あまりに多いことを覚えると、私は単純に感傷的になっていられない乾いた気分になれたのである。

会話と緊張

——結婚は、人生を知る一番無難な方法

時々、中年で結婚していない人に出会う。私は知人の一身上の話をあまり聞かないたちなので、高校か大学に行っている息子か娘がいるだろう、と長年信じ切っていたような人に何かの折りに家族について聞いてみると、自由な独り身だったりする。

私は生涯を独身で通すカトリックの神父の生活というものを始終身近に見ていたから、家庭に縛られないこともいいな、と感じることはあった。しかし同時に神父たちの多くは修道院の生活をしていたから、家族がいないと最終的に心を許して語る相手がいないのではないか、とお気の毒に思うこともあった。もっとも神父たちは、神と語ればいいのだから、そんな余計なお世話は必要ないのだろうが……。

私の場合、夫だけがくだらないことを、とりとめなく不用心に喋ることのできる相手であった。息子には、私の愚かさや浅はかさの相手をさせて時間を浪費させたくない。しかし配偶者ならいい、という感じであった。その点でだけ、配偶者がいないということは一番気の毒なような気はする。

それと同時に、私の周囲には、老年になって配偶者と死に別れたり、離婚したり、離婚と同様の別居生活をするようになって自由を手に入れた人もいるようになった。私は父と母が仲の悪い夫婦だったので、離婚は憎しみから逃れる最高の方法だ、と子供の時から実感していたし、人生で何が何でも結婚しなければならないものでもない、と思っていた。結婚に夢を持ったことだけは一度もない。結婚は、社会の常識に逆らわずに、一番無難な方法で人生を知る方法だろう、と思えた。私はこの世で命を賭けても手に入れたいものがあることも充分知っていたが、自分の性格は臆病で卑怯だと思っていたので、それ以外のことでは、できるだけ世間に逆らわない方が楽だろうと計算してもいたのである。

凡庸ということも、偉大なことである。結婚という世間の大多数がすることを、一つくらいしてみるのもいいだろう。結果論だが、私はゴルフもカラオケも、お酒もタバコも、野球やサッカー見物も、茶道や華道などの習い事も賭け事も、何一つしなかったのだから結婚くらいするか、という感じであった。

ものが対象なら、私たちは簡単に捨てることができる。貯金をはたいて買ったカシミヤのオーバーでも、買った後でどうしてもイヤになれば捨てるのも自分の自由だ。しかし人間だけはそうはいかない。犬や猫でも責任がある。私は器量が悪くて頭だけはいい雑種の牝猫を二十二歳で見送った。飼い始めた時、私は五十歳ちょっとで、私はまだ自分の寿命をそれほど厳しく感じていなかった。しかし二十二年も生きられると危うく「逆縁」になって、彼女は養い手を失う可能性もあったのだ。ほんとうは年を考えると、私はもう犬も猫も飼ってはいけないのである。私が先に死ぬと残されたペットの始末で周囲は迷惑するし、ペット自身もかわいそうだから。夫婦はそのような関係の極限にある、と私は知ってはいる。

カトリックは離婚を禁じている。しかし私は父と母の生活を見ていて、離婚はすべきだと感じていた。お互いに見える距離、声の聞こえる範囲にいなければ、憎まなくて済むのである。だから子供の私が六十歳を過ぎた父母に離婚を勧め、母に言わせればもらうべき理由のあるわずかな財産も母にその権利を放棄させて、一文なしになった母を私が引き取った。何かをしたい時には、必ずそのために対価を払わねばならない、と私は思う性格だったのである。

結婚するということは、夫婦がそのどちら側からみても、結婚する相手だけでなく、その周囲の人たちをも受け入れることだろう。なぜなら人間関係というものは、簡単には断ち切れないものだからである。結婚によって、普通は人間関係は複雑に増えていく。それは苦労の種でもあるが、それらを引きずっていくおもしろさもあるのだ。

現代の人は、煩わしさを避ける。耐える訓練を受けていないのは、ヴァーチャル・リアリティーだけで育ったからだ。ロボット犬やたまごっちは、画面以外の実生活で臭気を立てるウンコもせず、イヤになったらいつでも電池を切って押し入れに放り込めばいい。「子供がうるさいから殺した」という母親も、このような心理なのだろう。

熟年離婚もその一種の変形かもしれない。今さら年々体が不自由になり、ものぐさになっていく老夫の面倒など見たくないのである。もちろん誰でも実際に介護に携われば、うんざりすることもある。私たち夫婦は私の母、夫の両親の三人と一緒に住み、三人ともその最期を家で看取ったのだから、その間に醜い利己主義が心に湧き上がる悪魔の瞬間も知っている。しかしそれとは別に、夫と周囲の人々の優しさとお金と、あらゆる可能な手段を動員して、私たちは老世代を捨てようと思ったことだけはなかった。私たちはいい意味でも悪い意味でも、平凡に人間的に家族と添い遂げた。

人生も後半になって私が心がけていることは、会話と緊張である。病気になる時は仕方がないのだが、とにかく自分を甘やかさずに、掃除、洗濯、炊事、それに付随した営みが一応できる人間を維持し、いつ一人になってもいいように心を鍛えながら生きようという決意である。

我が家では、日々会話で笑っていた。幸いにも私たちは、二人共表現の世界に生きてきたから、自分をどんなに客観視することもできる。夫は吝嗇(りんしょく)と、しんらつで素早い反応を、老年の一つの楽しみと考えていたらしいが、けちほど人を笑わすものはない。幸いなことに、自分はけちをしても他人の浪費は咎(とが)めないから、私は使いたいようにお金を使う。何しろ家は建てて半世紀以上、肉体は使い始めて八十年を過ぎたのだから、それなりに手入れをしていないと、竜巻が襲う前にいつ倒壊するかわからないのだ。

日本の戦後のこれほどに長い平和の中で人生を過ごせたことは最高の幸運だった。息子も孫も、自分の未来を自由に選べる、と思えるぜいたくを与えられた。私はその幸運を、最期に深く感謝して死ぬだろうと思っている。

第二章

親との同居、そして看取り

親は、大したことを望んでいない。
片手間でお世話するくらいが、ちょうどいい。

贈られた時間

――ミニ老人ホームのようだった我が家

私は夫の両親と私の実母と、三人の年寄りと暮らして、三人共、自宅で最期を見送った。夫が三十代後半、私が三十歳の頃にこのような複合家庭が形成されたのである。私が親たちに優しかったから、同居するようになったのではない。私は一人娘で、母は父と離婚した後、一方的に私と一生一緒に住むものと決めていた。舅姑は当時、中野の方に住んでいて、私たちは東京の南西部にいたから、この二人のどちらかが風邪をひいて熱を出したというような時に、見舞いに行くのはけっこう時間をとることであった。しかも私はその頃、既に作家として暮らしていたので、申し訳ないことに舅姑の世話にそんなに時間を割けない。同居するということは、実は、片手間でお世話をするという妥協案だったのである。

私は性格が不純だったのだろう。何でも物事を理想的に考えない方であった。とにかく一つの敷地の中に庭を共有しながら、既存の古家に夫の両親、六畳一間の離れに私の母が住む、という暮らしは、ミニ老人ホームの経営と似ていたが、世の中のことは何でも理想的にはならないのだから、それくらいでいいのではないのかと私は思っていた。

先日、お年寄りの介護をしていた人が、「とにかく時間的に限度が決まっていてお世話をするのは何とかなるんですよ。でも大変なのは身内で、二十四時間、何年続くかわからない、ということになると、心理的に追い詰められるんです」と教えてくれた。

自宅介護の家族に、とにかく決まった休み時間を与えてあげるという制度は、実に偉大な優しさなのである。家族は大したことを望んでいない。ちょっと買い物に行き、道を歩き、通りがかりのブティックを覗く。その間、家に残してきた年寄りの心配をしなくていいということは、「幸福を贈る」ということと同じ意味なのである。

老年の聖域
――毎日、親たちの元気を見守るという喜び

第二次世界大戦以前の日本の平均寿命は、恐らく非常に短いものであったと思われる。主な作家や詩人は、ほとんどが四十前後で死んでいる。私たちの周囲でも、還暦と呼ばれる六十歳まで生き抜く人はそれほど多くはなかったから、家族は「還暦の祝い」をすることに意味を感じていた。しかし今では「古来稀なり」の意味で使われている「古稀」（七十歳）も「今やざらなり」と言う人がいる始末だ。

日本人の平均寿命は世界一となるまでに延びた。その理由は、新生児の死亡率の低下、抗生物質の普及、日常生活が非常に便利で安全で衛生的になったこと、国民皆保険制度によって医療機関にかかれない患者がいないこと、凶悪な犯罪率が世界的に見

ても低いこと、などではないかと思う。

戦後の日本人は、大きく三つのものから解放された。第一は戦前の封建的な社会制度とその圧迫、第二は貧困、第三は思想言論の統制弾圧である。これらはいずれも、深く人間の寿命そのものとも、満ち足りた老年ともかかわっている。

ストレスからの解放は病気の予防に大きく影響しているというが、一方で全くストレスのない人間の生活などというものはないから、いささかのストレスは生き生きとした人間社会を作るのに有効だという説も、私はまた素人としては捨てがたい。

長く生きればいい、というものではない。しかし長く生きられなかったら、人生で達成できる目的も中途半端で終わるだろうから、やはり長寿が願わしい。しかし老年をいかに生きるかということは、人生で個人が選ぶ最後の目標であり、芸術となった。

現在の日本の夫婦の多くは、老世代とは別に暮らしている。スープの冷めないくらいの近くに別居するというのが理想らしいのだが、私たち夫婦は若い時から、夫の父母と私の母の三人の老世代と同居した。パール・バックの描く古い中国では、お嫁さんが起きるとまず老人に熱いお茶を持っていく場面が描かれていて感動的だったが、私は決してそんな親孝行はしなかった。しかし同居していれば、毎日親たちが元気かどうか見守っていられるのがよかった。

日本人が好きな食べ物の一つに、川に棲む鮎という一年魚がある。鮎は川の藻だけを食べ、香魚という別名を持つほど淡白でおいしい魚だということになっており、夏の季節にはわざわざ鮎を食べに渓流のほとりに行くのである。

しかし私たちは時々知人から鮎を送ってもらうことがあった。そういう時、私が何より嬉しかったのは、もう旅ができなくなっている親たちに真っ先に鮎を食べさせられることだった。同居というものは、親孝行をするにも便利な制度だった。私たちには息子が一人いたから、つまり親子三代で住んでいたことになる。すると私の家を訪ねてくる欧米人の中には「チャイニーズの家族みたいですね」という言い方をする人もいた。

私はカトリック系の国際的な空気を持つ私立の女子校で、幼稚園から大学まで教育を受けた。そこでは、私たちは外国人の修道女たちから、日本人であり続けることをしつけられたのである。もしキリスト教徒の家庭に生まれた生徒が将来結婚したら、婚家先の信仰が仏教や神道である可能性が強い。そういう場合は、夫の親たちの拝む仏教や神道のお寺や神社には親たちの付き添いとして率先して同行し、家庭内にそうした仏たちや神々を祭る祭壇がある時には、そのお掃除もして喜んでもらいなさい、としつけられた。それがもっとも手近な愛の表現であると習ったのだ。

人は国家、社会、家族に属しながらも、それぞれの心の中に、独自の聖域があるはずだ、と私は思っている。その違いを温かく繋ぐものが、同胞や家族の幸福を願う意識の絆である。だから人は、自分の理想とする老年をそれぞれに創るのが願わしいのである。

長い年月を生きてきた老人は、体こそ老いて弱っているかもしれないが、たくさんの人生を見てきて、複雑な人生の受け止め方ができるような豊かな精神構造を備えるようになっているはずだ。中国と日本の双方の老人たちの、穏やかで温かい知恵の交流が、双方の国に明るい長寿時代を持ってきてくれることを私は願っている。

或る詩人の死
――大家族で暮らすことと、自由との関係性

偶然の成り行きから、私は自分の母、夫の両親と一緒に暮らした。もちろん私は書く仕事も続けていたので、「仕えた」記憶など一度もない。あたふた、どたばたと、愚痴も言いながら、とにかく一緒に生活したのである。

その間、私も何度か、夫婦二人だけの自由な生活に憧れた。夫が外国の大学で教えないかと言われた時も、三人の親たちのことがあって引き受けられなかったので、まだ若くて外国生活をしてみたかった私は、泣いたこともあった。

しかし間もなく私自身が南米ののんきそうな国の大使になるように言われた時は、語学に自信がなかったのが第一の理由だが、親と同居しているのだから、外国へは行

けない、とはっきり思うようになっていた。

夫婦は夫婦だけで気楽に暮らすのがいい、と私は今でも思っている。だから、私たちは一人息子が関西で就職することに、少しも異論を唱えなかった。しかしこの頃、自由とか気楽さとかいうものは、最初からそれを手に入れてしまった者には、多分、全くその価値がわからないものだろう、と思うようになった。

先頃、ロシアの詩人、ブラート・オクジャワ氏（七十三歳）の死去について、モスクワ特派員の石郷岡建氏が書いておられる記事を読んだ。

オクジャワ氏は一九二四年、モスクワ生まれ。三七年のスターリンの粛清によって、父は死に、母は強制収容所送りになり、彼は孤児同様になった。

十八歳で志願して参戦。戦後トビリシ大学の文学部を出、モスクワ郊外の学校でロシア語の教師をしながら、詩を書き、ギターを弾いて自作を歌った。

やがてオクジャワ氏がその生涯のすべてを賭けて闘ったソ連は崩壊した。オクジャワ氏は目標を失った。自由がない社会でこそ、オクジャワ氏は自由の輝きを見た。しかし自由を得てしまった今のロシアでは、彼の居場所はなくなっていた。病死したのは旅行先のパリの軍病院である。その葬儀には、数千人の「ソ連を生き抜いた」世代の人たちが集まった。

いつかエジプトのピラミッドの傍で、ガイドが自分の家を見せてくれたことを忘れられない。一族八十数人が住むマンションである。子供だけでも、二十人も三十人もいる。

大家族の中で暮らすなんてまっぴらだと私も思っていたのだが、核家族で暮らす人々には、大家族の分厚い強靭な人間関係や、支え合って生きる安心感など、とうてい理解できないだろう。ありすぎる自由の中では、自由の甘さも胸に染みることはないのである。

人は自分が手にしていないものの価値だけ理解する。皮肉なものである。

昼夜のけじめ

——重病人でない限り「寝間着のまま」の習慣は避ける

年を取ると、体のどこかに故障が出るから、半分寝ている人も多いだろうし、そうなると、一日中寝間着のままでいても、家族はその方が体が楽でいいでしょうなどと言うようになる。私は性格的にも楽が一番いい、と思いがちで、おしゃれも考えてみれば嫌いではないのだが、何より面倒くさいのは嫌という傾向は拭いがたい。

しかし人間は、ほんとうに寝たきりの重病人でない限り、朝は着替えをして、昼と夜の区別をはっきりさせることが必要なようだ。

どこの話だったか覚えていないのだが、長期療養型の病院でも、入院患者にさえ朝は着替えをさせる。つまり昼には、その人は社会に繫がって生きるという姿勢を植えつけるのだ。着替えは介護者にとってけっこう面倒な仕事だが、それでも必要なことだという。私には膠原病（こうげんびょう）があるので、ことに朝など着替えが辛い。だから体の楽なイスラム教徒の着る長衣を着て、まあ構造的には寝間着に近いものに着替えるだけなのだが、それでも昔は二分で着替えられた行動に五分はかかる。朝食に遅刻することも始終だ。

しかし、この生活上のめりはりというものは非常に大切で、昔、私の知人のドイツ人が経営している乳児院を訪ねたことがあった。すると赤ちゃんの世話をする若い人たちが皆きれいにアクセサリーをつけている。そのドイツ人の女性によれば、保母さんたちがアクセサリーをつけると、赤ちゃんたちは興味津々でそれを眺め、やがて手でそれに触りたがるようになる。どこをどう刺激するのかわからないが、それが脳を育てるということになるのだろうと彼女は言う。知能だけでなく、いわゆる広い意味での情緒を円満に豊かに育てるのだ。けじめというと、他者を意識した見栄のための行為のように言う人がいるが、昼夜のけじめは人間として計算できないほど複雑で大切な営みのようだ。

輝くような生の一瞬
——肌に触れると相手は心を開く

日本人は外国人風の挨拶に馴れていない。夫婦でも恋人でもない異性と、頬を触れ合うようにして抱き合う挨拶は嫌だと言う人もいるが、私は何度か南米やアフリカを旅しているうちに、こういう習慣はいいものだ、と思うようになった。

つまりその挨拶を、衆人環視の中でできるような関係なら、何も問題はないのである。むしろ老人の介護などでは、肌を触れることはほんとうに必要なことかもしれない。

しかし、私は握手という習慣が基本的には好きではない。細菌やウイルスが病原菌だというなら、握手というのは、感染症を広める上で悪い習慣だ。タイやインドのような、自分の胸の前で合掌して軽く頭を下げる挨拶は、その点、東洋的だし、慎ましやかに相手の存在を尊重する心の姿勢が出ていていい。

アフリカの難民キャンプに、緒方貞子国連難民高等弁務官事務所長とご一緒したことがあるが、何十人、何百人と泥だらけの手の子供たちと握手なさった後で、友好の印に差し出された「生水」まで飲んで見せねばならないことにおなりになった。心配になったので「梅肉エキスをお飲みになりますか?」と小声で伺ったところ、「ほしいけれど手があまりにも汚れているので」とおっしゃったので、誰とも握手しなかった私の指で、口にお入れしたことがある。

エボラ出血熱が蔓延している土地に行ったら、患者に素手で触れることも避けるべきなのだろう。

しかし普通の場合、人は相手の肌に触れると相手が心を開くのを感じるものだ。医学的に禁じられていないなら、触れたり、さすったりしてあげるのがいい。

一応健康に生きているということは、それだけで美しいものだろう。死んだ人が美しくなることはないので、「健康」そのものが輝くような美だろうと思う。人の体と心に触れて生きる瞬間を大切に感じなければならないはずである。

玄関のごみくず

――修復することで新しい命が生まれる

先日、やはり私と同年くらいの、私と同じようなあけすけな性格の人と喋っていて、「うちの母は、ほとんど動けなくなっても、よく畳や床の上のごみをつまんで捨てていたわ」

と言ったら、とたんに笑い出した。

「視力がなくなりかけると、よくごみが見えるようになるものなのよ。それでまた、お嫁さんを苛（いじ）めるの。うちの嫁は、掃除が下手だってことでしょうね。でもそういうことを言う当人が『このごろ、眼が薄くなって……』なんて言ってるのよ。そういう人がよく、ごみだけは見えるわね、って、そこでまた姑と嫁の喧嘩になるんだわ」

「私もうちの人がごみを拾わない、って文句を言ったのよ」

と私が言うと、彼女は「あれ！」と嬉しそうな声を出した。

「嫁さんをそれで苛めたの？」

「うちは関西と東京で別居してますからね。苛めようがないんだけど、うちの玄関に敷いてある絨毯に始終ごみがついていたのよ」

お客さまが、一番にごらんになるところだから、せめて白い糸くずが落ちているようなことだけはしないで、と私が言うと、お手伝いさんは笑いながら言った。

「あれはごみじゃなくて、絨毯がすり切れて下の縦糸が出ているからなんです」

まだ若い時、私は初めての海外旅行でパキスタンに行き、その時、私にしては途方もなく高価な手織りの絨毯を買った。それが実に五十年以上もどうやらもっているのである。玄関が少しばかり薄暗い場所だというのも利点であった。しかし絨毯も私と共に年を取ったのだろう。時々そうして、疲れを告白するようになったと見える。

しかし私はその翌日すぐ狡（ずる）いことをした。黒のマジックインクで、白い糸のところをちょっと塗っておいたのである。絨毯の模様には黒い部分もあったので、私のごまかしはまずわからないまでになった。これでうちの玄関の絨毯には全くごみが落ちなくなった。

古いヨーロッパのタペストリー（綴れ織り）などの名作の多くは、本体が作られた時のままではないという。各国にそうした芸術品の修復所があって、汚れ古びて切れた糸は常に取り替えているので、ほとんど元の糸はないまでになっているという。

それも新しい命の姿だ。私は私が死んで古い家を取り壊すまで、そのパキスタンの絨毯もそこにおいて、共に老いるつもりだ。私の修復の技術は少しお粗末だったけれど、私の性格を知る人は、それでまた笑ってくれるかもしれない。

気配りの時代

——励ましの心は、老人よりも介護者に表すべき

よく気がつく人たちの中に、老人や障害者当人に対して心遣いをする人は多い。小さなお菓子の箱を持っていったり、誕生日にカードを贈ったりする。

ヨーロッパに住む私の友人は、私たちが団体旅行でその町に立ち寄る度に、ホテルに備えつけの石鹸やクリームの小瓶などを「集めてよ」と言っていた。土地の老人ホームでよくビンゴパーティーをする。その時、全員に何かが当たるように、賞品の数を多くしたいからだ、と言う。

しかし私は昔から、何か励ましの心を見せたいのだったら、当の老人にではなく、その介護者にする方がいいと思っていた。ちょっとしたプレゼントをあげるのでも、

音楽会に誘うのでもいい。或いは、二人でお蕎麦を食べに行くだけでもいい。介護者に普段の職場とは違った空気を味わってもらえば、その人も元気を取り戻し、ひいては世話をしてもらう老人の生活も明るくなるのではないか、と思っていたのである。

介護者が、別に老人を嫌うのではない。しかし世代が違えば、話題が合わなくて当たり前だ。ことに食事の時には、老いとも病気とも関係ない同世代と食べたいだろうし、お喋りをしたいだろうと思う。

私の家に、かつて私の実母、夫の父と母の三人が同居していた時、私は彼らの世話をしてくれる人に、私たちと同じテーブルで食事をしてもらうように時間帯を工夫していた。おかずは全く同じなのだが、私たちと食べれば、老人たちとではない、つまらない浮世の、ろくでもない話で笑い転げることも多い。決してそんなものをご馳走と思うわけではないが、そんな時間があってこそ、無口な老人の世話も続くのである。

老人の介護には、ちょっとした工夫が常に必要だろう。それはほんのわずかな気配りで可能になる。「おもてなし」より「気配り」の時代ではないか、と思う時がある。

小さな親切

——老人が一番好きなのは、外の世界を覗くこと

私はもともと小説家で、政治的発想がない。小さなことに目を留めることが仕事だと思っているから、日本の政治をどう変えたらいいかとか、組織をどう作っていったらいいか、などということは、よく考えられない。

それで私は代わりに、ささやかなことで自分の行動を決めることにしている。たとえば高齢者や身障者に対する時も、政策自体を変えたり、組織を改善することなどできないから、自分のできる範囲で、相手の喜びそうなことをすることにしたのである。それなら私の頭でも思いつく。

一番簡単な話は、相手に私の体験談を語ることだ。こんな人に会った。その人がこ

んな変わったことを言った。どこへ行ってどういう失敗をした。こんな不思議なものを売っていたので、一つおすそわけに持ってきた、という程度の話である。

老人と身障者が一番好きなのは、外の世界を覗くことのような気がする。別に大したことはないのだが、外はどうなっているのだろう、ということは気になるし、それを少しでも知ると、自分は社会に遅れていないという自信もつくらしい。その語り部である私が外で失敗した話というものが、ことに好まれる。この人も失敗したんだな、そんなことも知らなくて馬鹿にされたんだな、と思うだけで、安心しておおらかな気持ちになる。小さな親切、というものはほんとうにいいものだ。お金もかからず、努力も大して要らない。私は怠け者精神に満ち溢れているので、努力をしなければならないことだと長続きしない。

小さなことで相手に喜んでもらう、ということを皆がするだけで、たいていの人の機嫌がよくなる。機嫌がいい人は好かれる。それが人間関係を穏やかにする。努力しないで、ちょっとしたことをするという空気が世間にできると、社会はもっとなめらかに幸福になるだろう。

末席からの眺め

——終わりがあればすべて許される

現在の私は気が短くて、そのためにしばしば人の気持ちを害したり、失策をしたり、転んで足首を折ったりしているが、昔は何につけても行動が遅かったのである。料理も手際が悪い。靴を運動靴に履き替えるのも遅い。飛行場で飛行機に乗り込む時も、たいていは最後に近く列に並ぶ。

終わりというのはいいものなのだ。終わりには答えがついてくることが多い。最初に乗り込むのは探検家で、前人未踏の境地を探るのだから勇気が要るし、世間の注目を引いてしまって気が休まらない。その点、頭があまり明晰でない者でも、終章に立ち会えばほぼ意味が見えてくる。大勢の人の集まる会場でも、最後列ほどその場の空気がわかる席はない。

人生の終わりになって、死を恐れる人は多い。宗教家の中にさえ死を怖がる人もいる、と非難する人もいるが、私は当然だと思う。むしろ「信仰があっても死は怖いですね」という人の方が、自然で正直でいいと思う。

私はまだ死の告知を受けたことがないので自信を持って「私は平気です」などとは言えないのだが、それでも時々、万人が必ず終わりを迎えるのは平等だし、何より楽になるのだから、いいことだなあ、と思うことはある。終わりがあればすべて許されるのだ。他人の世話でも、性格の合わない人との同居でも、期限がはっきりしていればそれほど辛いことではない。自分の性格が悪くても、家族に「まあ何十年かの間、迷惑をかけます」と言えるのは、死があるからである。歴史上の人物は、たいてい傍にいたら耐え難いめんどうな性格だろうが、彼らがおもしろい人物、愛すべき存在となり得るのは死んだからである。そういう人たちにいつまでも生き残っていられたらたまったものではない。小説家などという偏頗(へんぱ)な性格の人間たちも、個人的にお知り合いでなければ、あまり被害を被らなくて済む。

書きたいと思っていてまだ書けない短篇がある。偽ギリシャ神話風に、死ぬことのできなくなった神の悲劇を書いてみたいのである。しかしギリシャ神話の世界は、基本的に享楽的だから、死に対するそうした解釈は不可能だろう、という説もある。「クレオビスとビトン」の物語は、最高の人生の終わり方としての若い兄弟の死を描いているのだが、死ぬことができなくなるという悲劇は想定外らしい。しかし私は日本人だから、日本的な終わりの美学、消えることによる眺めのよさ、展望の開け方を書いてみたいのである。

天から降ってきたカラー
——逆境に耐えてこそ、大輪の花も咲く

私が時々何日か出かけて、花を植えたり畑を作ったりしている相模湾に面した海の家は、庭のフェンスの外はもう海岸の国有地である。その部分は、ゴミを落とさず清潔に保つべきなのだが、落ち葉のような植物性のものは天然の肥料になるので捨てている。伊勢神宮が、砂利の部分に散った落ち葉を近くの植え込みに戻しているのと同じ自然の循環を願うからだ。

するとフェンスの外の海際の土地は、長い年月の間にこの上なく肥沃になるらしく、捨てたはずの植物の一部が繁茂したことがある。フキ、カンナ、ランタナから、一時はミョウガが生えたこともある。ミョウガは、やや乾いた畑の一部に植えていて、全

くできなかったので、引き抜いて畑の隅に積んでおいた。しかしその一部が紛れて捨てられたようで、気がついたら一部にミョウガが繁茂していたのである。

茗荷谷、という駅名が示すように、ミョウガは水がちょろちょろ流れているような谷が好きらしい。子供でも植物でも同じであった。性質に合った環境においてやれば、問題なく育つ。

去年の秋、その崖の上の地面で、小さな奇妙な葉っぱを見つけた。どうもカラーだと思うのだが、私の家では作ったことがないので自信もないし、育てたこともない植物が紛れ込む経路はわからなかった。強いて考えれば、畑に播く肥料にいろいろな種が混じることはある。私はカラーと思われる小さな苗を、梅の木の下に半信半疑で植えてみた。この適当な日陰が気に入ったらしく、すぐに葉は大きく繁り、間もなく私の掌くらいある堂々たる白い花をつけた。拾って来た苗とは思えないようなみごとな花で、浅ましい私は「売れるくらい立派。売って儲ければよかった」と呟いた。

そのカラーは、つまりどこかで見捨てられていた株なのだ。国有地の外まで辿り着き生き長らえた経路はどうしても推測できない。種ではなく、球根で泥と共に運ばれたのだろうが、そうとしてもまだ謎は解明できない。しかし私が喜んだのは、捨てられて、枯死寸前の発育不全の株が生き返ったことである。逆境に耐え抜き、いつの日か所を得れば、みごとな大物に育つという事実である。

カラーは運命を少しも恨んでいなかったという感じであった。人生にも多分同じようなことは起きているのだろう。最後まで、生きる意欲と慎ましい努力を続けていると、どこかで大物にさえなれるのである。

第三章

介護を楽にする考え方

今、不幸に感じていることは、
自身の血肉になっている。

悪いこともいい
――姑からの苛(いじ)めが、人の役に立った瞬間

私は昔から、団体行動というものが苦手だったが、それは運動神経がなくて、体操の点がいつも悪かったからか、子供の時から不仲な父母の元で育ったので性格がひねくれてしまい、人との協調力に欠けたからなのか、よくわからない。

今になってみると、私は自分の性格が人づきあいがいい方がよかったのかどうかさえ全くわからなくなった。すべて人生のことは「いい方がいい」とは思うが、たまには「悪いこともいい」場合がある。ことに出版界の端っこにおいてもらって生きていると、円満具足ないい人ばかりが仕事をするのではないことがよくわかってくる。疑い深い人が内容のしっかりした本を作るだろうし、女々しい性格の作家にしか分裂し

かかっている家族の不幸など書けないものだ。

つまり実質的なある精神の状態は、背後に必ずそれに相応する強い現実的な裏打ちがあるということだ。

私は四十代の終わり頃、中心性網膜炎という視力障害を起こす眼の病気にかかった。資料を読まねばならない小説の連載を三本も抱えていたからだが、この病気は「手形が落ちない社長がかかるストレス病」だと眼科の医師に言われた。普通は片目に出るのに、私は両方の眼が同時に冒されていた。

それでも私はどこかに深刻になれない性格があったのだろう。私は友人数人に電話をかけ、「手形が落ちない社長がかかるような高級な病気になった」と自慢したのである。

網膜炎自体は、環境を変えない限り何度も繰り返し易い病気だと言われたが、私は六本の連載をさっさと中断したので、きれいに治ってしまった。やはり手形の落ちない社長とは境遇が違ったのである。

網膜炎を治すために眼球に直接ステロイドの注射をしたのも適切な治療だったのだ

と思われるのだが、まだ五十にもならないうちに後極白内障は一挙に進んだ。後極白内障というのは、比較的若年に出る病気で、濁りが網膜に近い眼球の奥で始まるので、外から見ると眼は真っ黒なのに視力は初めから大きく障害を受ける。白内障はどんどん進み、ひどい三重視と、視界が暗くなることとで、私は全く読み書きができなくなった。

当時の私の視力を一番よく表しているのが、一九〇〇年以降のモネの作品である。あの澄み透る輝くような光の世界を描き続けたモネが晩年に苦しんだのは、白内障だった。彼が愛したジベルニーの庭からは、風さえも光っていたあの透明な歓喜の色は消え、チョコレート色に濁った輪郭のぼけた不明瞭な世界だけが残った。その頃の彼の作品をアメリカで見た時、私は胸がつぶれそうになった。私だけがモネと同じ苦痛と悲しみを知っているのだから、晩年のモネを書けるような気さえしたのである。

手術の結果、私は数万人に一人という奇跡的な視力を得た。眼鏡はもう不要だった。子供の時から眼鏡をかけている私の顔しか知らない同級生は、気味悪がったくらいだった。

その頃の私の心理の動きを今ここで書くつもりはない。私はあまりの感動に鬱病になりかけたくらいだった。しかしそれがすぎると、私は景色が見えないかつての私と同じような視力障害のある人たちと、イスラエルへ行って、私がラジオの実況中継のように言葉で状況を説明をしながら旅をしてもらいたい、と思うようになった。結果的にそういう旅を、私は都合二十三回したのである。

初めは視力障害者だけだった旅は、その後、車椅子の人たちも増えて、ボランティアとして支える同行者は、障害者の入浴の手伝いもするようになった。私たちの旅行の特徴は、ボランティアをする側と手助けを受ける側とが全く同じ費用を払っていたことだ。

脳梗塞の後などで、全く体の動かない人に入浴をしてもらうには、力と技術がいる。力の方は、その時々で松下政経塾の塾生たちや、私が勤めていた日本財団の職員がやってくれた。しかしうまく体を洗うには、特別なこつが要る。ある年、私たちは自然に一人の婦人が教えてくれるやり方で、全く四肢を動かせない女性に毎日入浴をさせるようになった。

「あなたのおかげで、皆が楽にお風呂に入れられるのよ。どうしてこんなによくこつがわかっていらっしゃるのかしらね」

と私は何気なく礼を言った。

「姑に長い間、苛められましたから」

とその人は言った。しかしその語調には、もはや暗い恨みがましい響きはなかった。

「そうだったんですね。そのお姑さんのおかげで、今、日本のご自宅ではシャワーしか入れなかった方も、こうしてお風呂に入れるようになったのね」

その人の眼からその時、涙がこぼれた。何年もの後の、ほんものの姑との和解の涙だったのだろう。ほんものの平和には、多分苦い涙と長い年月の苦悩が必ず要るのである。

至誠不通

――失意挫折を不運と数えてはいけない

仕事で山口県の数カ所を訪ねた。東京は暖冬続きでコートもなしに出かけたら、岩国の空港の建物を出るや、肌を刺すような寒風に吹かれて縮み上がった。

私は山口県が好きである。地形は変化に富み、何より瀬戸内海と日本海の両方の海から獲れる魚がすばらしい。その上、町のたたずまいが落ち着いて静かである。沈滞していると言う人もいるが、私は東京の暮らしでも、賑やかな場所がそれほど好きではない。

町を歩いていると、ここが吉田松陰の土地だということをしみじみ感じる。観光客も皆松下村塾へ行くらしい。私はまともに松陰を読んだこともなく、ただ さわりのところをほんの二、三カ所覚えているだけだ。「至誠にして動かざる者は未だこれ有らざるなり」というのもあった。

松陰は三十歳で江戸で処刑された。不運なことがよく身の上に起きる人で、私のように思いがけない幸運があって救われたという記憶が多い者とは違う。その一つは安政元年、ペリーが下田に再航した際、その船に乗せてもらってアメリカに密航しようとしたことが乗船拒否に遭って実現しなかったことだ。松陰が鎖国の日本から逃れて無事アメリカに辿り着いたら、どのような感慨を持ったろうか。それを見られなかったのは、実に残念なことである。彼はその結果、萩の野山獄に繋がれたのだが、多くの秀才は、必ず獄中で、しゃばでは考えられないほどの学問の蓄積をしてくる。松陰もその通りであったから、失意挫折を必ずしも不運と数えてはいけないのかもしれない。松陰が終生信じて止まなかった「一誠、一人を感ぜしむ」という信念も、日本人にはよくわかる。現実にそういうケースがいっぱいあった、と私も言える。

昔、私の知人のアメリカ人の神父が、まだ敗戦の色濃い日本で英語教室をやり、そのついでにキリスト教の布教もしようと考えた。当時英語ができれば、基地の周辺でお土産物を売る小商いもできたし、日本人はラジオの英語教室の時間を聞くのにも熱心だった時代だ。キリスト教は、決して強制的に入信を勧めない。だから英語教室で、人と人とが触れ合うことが必要だったのだろう。

教室を開くのに適した場所は間もなく見つかった。郊外の賑やかな駅前で、帰宅や買い物のついでの人が立ち寄り易い場所だった。ところが地主は、売りたい気持ちはあるのだが、なかなかうんと言わない。神父はまだカタコトの日本語しかできなかったのに、地主のところに出かけていき、「私たちはお金儲けで土地を買おうとしているのではありません」と事情を説明した後で、「あなたは宝を天に蓄えなければなりません！」と地主に説教した。

聖書など読んだことのない地主はきょとんとした。宝は銀行か郵便局に預けるか、地面に穴を掘って埋めておくもので、天に蓄えるとは善行によって神に嘉されることだとは、「わかるわけはないよなあ」と私の夫などは笑っていた。しかしこの奇妙な問答に気圧されて、地主はついに言い値で彼の土地を売ることにしてしまった。「至誠」は日本ではこうして人の心に通じるのである。

しかしアフリカでは、ほとんど通じないのが普通だ、と思いながら私は萩の町を歩いていた。アラブでもアフリカでも、土地の人たちは頑固に計算高く、自分たちの言い分が通るまでしつこく要求する、というのが普通である。しつこい、ということは聖書によるとセム族社会では美徳であって、日本人のようにあまりしつこいと相手に嫌われる、などという考えはない。

その反面イスラム社会では、日本で考えられないほど、慈悲というものが大きな美徳であり義務とされているから、各人が自分の要求を貫徹しようとするのと同時に、日本人は考えないような恵み方、救い方もする。

しかしたとえば自衛隊がアラブ諸国やアフリカに進駐して、松陰のように「至誠にして動かざる者は未だこれ有らざるなり」などと思っていたり、「一誠、一人を感ぜしむ」でことをやろうとしたら、とうてい部族の間には入っていけないだろう。

最近の日本人は、善良なお坊っちゃまお嬢ちゃまのような人ばかりで、自分に悪意がなければ、相手にはそれがわかるものだと思い込む。しかし相手もまた自分の独自の物差しを持って生きているので、とてもアメリカ人や日本人のものの考え方を理解できない。

松陰をアフリカに連れていけたらどんなにおもしろかったろう。帰国後の印象を聞きたいものでもあった。誠を信じて三十歳を目前に現世を終えた青年の信念は、着いた当日に壁にぶつかっただろう。しかしそれらのいくつもの絶望的な壁を乗り越えて小さな穴のような心の流通路を作る時、それが初めて現実的な和平への道と言える。そんなものだろう。

萩の寒風の中で、私は極めて現実的なことを考えながら首を竦めて道を歩いていた。

微量元素
——不幸も、人間を育てる一つの要素

私は中年以後に、昔の言葉で言うと畑仕事、今風に言うとガーデニングがおもしろくなった。戦争中に学校のテニスコートを掘り返してサツマイモを作った時にはほとんどできなくて、私には畑仕事の素質はないものと思っていたが、今は肥料もいいし、腐葉土などを入れる才覚もできたので、ほどほどの収穫をあげていた。

しかしここ数年、私が勤めを始めて時間がなくなったので、ブラジルで農園を経営していた人に手伝ってもらうようになった。私は野菜の種を蒔く時には、必ず苦土石灰を撒いて酸性土壌になることを防ぐ程度の知識はあったのだが、畑は根瘤線虫（ねこぶせんちゅう）に冒されているし、微量元素も足りない、という批評である。

微量元素というのは、銅、ナトリウム、硼素、硫黄、鉄、亜鉛、モリブデンなどで、よく慣れた人は植物の「顔」を見ただけで、何が足りないかわかるという。微量というから、ほんとうにわずかでいいらしいが、それでいてそれがないと植物の健康が保てない。

私が畑仕事を好きになったのは、そこから人生の生き方を教わることがあるからで、この微量元素の話も今の日本の姿を浮き彫りにしているように思う。

もともと私たちも、畑でできたもの、山野で採れたものを調理して食べていれば、自然に栄養も満遍なく摂れるはずである。それを今では、店で調理済みのものを買ったり冷凍食品を食べたりするから、栄養が偏ってビタミン剤を飲まねばならなくなるか、半分病人風の無気力人間になるのだ。

純粋に栄養の面だけではない。

私たちは、幸福と不幸のない混ぜの中で生きている。もちろん家庭内暴力や、社会で精神的重圧を受けることは望ましくないが、昔から人生には必ず辛いことがついて回っているものだった。

それがカミナリ親父も、お仕置きに立たせる先生も、弟妹六人を育てているような母親もいなくなった。子供は個室がないことも、家事の手伝いをさせられることも、すべて不満の種と思うようになった。不幸も、人間を育てる一つの微量元素として必要なのにそれを忘れた。不備を取り除かないのは、文部科学省の不手際、親の甲斐性なし、地方自治体の怠慢ということになったから、子供にも大人にも微量元素不足の「へなへな人」がたくさん出るようになった。

同時多発テロ以後のブッシュの演説には、いささか反感を持つ人も多かったが、少なくとも彼は「自由は犠牲と代償を伴うものだ」とはっきり言っている。このこと自体目新しい認識ではないが、これだけのことも日本の指導者たちは人気の落ちるのを恐れて言わなくなったのである。

アレクサンドロスの性格

――「安心して暮らせる生活」など現世にはない

私は全く武術の心得がないにもかかわらず無防備のままこんな年まで殺されずに生きてこられたのは、ひたすら国と社会が私を守ってくれたからだろうと感謝している。しかし私は怠惰に暮らしてきただけでもない。私は俗に「兵站（へいたん）」とか「後方支援」とか言われている行為に、少なからず興味を持っていることを、後半生になって発見したのだ。五十歳を過ぎてから、私はいわゆる途上国に行く機会が増えたのだが、そうした国に持っていく特殊な旅行の装備について非常におもしろく思うようになった。

私は幸運というものをほとんど信じず、むしろ、人を疑い、常に不運に備え、ものを失ってもどうにか生きるすべをあれこれと考えられるように、自分を訓練しようとした。暑さや寒さ、不潔、所持品を失うこと、粗衣粗食に耐えること、などが、私の自分を教育する目標になった。東日本大震災が起きるずっと前から、政治家がよく口にする「安心して暮らせる生活」など現世にあるわけがないと思っていたのだ。

かの有名なアレクサンドロス（アレクサンダー大王）は、兵站の名人だったと言われる。勝っていても、その勢いに乗じて前進するだけではなく、軍の後方の安全確保を常に考えていた。ということは、現在の勝利に酔わず、絶えず状況が突如として悪い方に変化することに備えていたということだ。

私は多分、人間は毎日の暮らしの中で突然不運に向かう瞬間か日か年を考えつつ生きるべきだ、と思うような性格だったのだろう。

おそらく武道は、次の瞬間に自分が死に追い詰められる可能性を常に意識し、それをどうしたら回避できるかを考える戦いなのだろう。その面でなら私にも才能はあると言いたいのだが……しかし私の生まれつきの運動神経のなさは、やはり武器を使うことにも、体で戦うことにも向いていないのである。

腕力で生きた

――人生に対する闘いの姿勢の必要性

今、世の中では平和がもっともいいものと思われているし、便利な都会生活の中では、力仕事とか武道などというものは、自分には関係ないと思っている人は、私を始めとしてかなり多いような気がするが、私は最近、別の意味で、人生に対する闘いの姿勢と、自分の体の状態を保持する義務という意味で、武道に似た生き方の必要性を感じるようになった。

高齢社会の出現がその理由である。私の祖母の頃までは、七十代まで生きる人は珍しかった。それに子だくさんだったから、老人はどこの家でも家族がめんどうを見てくれたのである。しかし若い世代が減少すると、高齢者はとにかく「自分のことは自分で何とかする」という最低の社会的責任を要求されるようになった。そうでなければ、その家族も社会全体もやっていけないのである。

私が人生で一番「腕力があってよかった」と思ったのは、六十四歳と七十四歳の時に足首の骨折をした時である。私は足の構造に生まれつきの欠陥があるらしく、ごていねいに足首を両方とも折った。普通女性の高齢者が骨折をする場合にはほとんど大腿骨が骨盤とつながるあたりだというのに、私の場合はどちらも足首ばかり。しかし今でも私の骨密度は、同年齢の百五十パーセントもあるのである。

手術後の不自由な暮らしをする間に、私がほとんど看護師さんの手を借りなくて済んだのは、腕に力があるからであった。私は重い洋書の資料を長年動かして小説を書いていたおかげで腕力があったのだ、と言っているが、手術直後も腕の力でなんとか体を支えて、ベッドから車椅子にも乗り移れば、自分で車椅子を漕ぎながら食器を配膳車まで返しにいくこともできた。もちろん食器は、黙っていれば誰かが取りにきてくれる。しかし私は少しでも自分のことは自分でしたかったのだ。

高齢で骨折するとそれをきっかけにぼける人も多いという。しかし私はどうやら自力で暮らす生活に復帰した。脚力はなくとも腕力、それにいささか人生に対する闘争的な気力があったおかげである。

指揮官の心得
——何があろうと、冷静に日常性を継続する

二〇一二年十二月上旬、東京にかなり大きな地震があった時、私は都心のホテルにいた。年に何度かしかそういうところにいない上に、間の悪いことに私はちょうど低いステージの上で短い挨拶をしているところだった。

異変はそこにいた人々の軽いどよめきで感じた。私はちょっとためらい、ほんの二、三秒言葉を切って様子を窺った。もっとも私が震度を正しく理解したとは思えない。私の視界の中には揺れる物体がなかったからだ。

私は一瞬ためらった後、挨拶を続けた。それで私は改めて鈍感か剛胆かどちらかわからない女ということになっただろう、と思う。

しかしいきなりそうなったのではない。凡庸な人間にはすべて体験から学んだ歴史があるのだ。

或る年、私は盲人や車椅子の人たちとグループでイスラエルの旅から成田空港に帰ってきた。空港で、荷物や盲導犬が出てくるのを待っていると、突然、荷物搬出口の厚いプラスチックカーテンを吹き上げて、爆風が私たちを襲った。滑走路の端で飛行機が墜落したのだ！　というのがその時の私の感じだった。次に火が入ってくるかと身構えながら、私は周囲にいた盲人の人数を確認し、どうしたら一人で数人の移動を誘導できるかを考えた。

実はそれが、カナダからの航空機に積まれた荷物が、インド航空機に運び入れられる前に成田空港で爆発し、係員が痛ましい犠牲になった瞬間だったのである。

私たちは何も知らなかった。ただ私の眼に映ったのは、眼の前の税関の係官が仕事の手を全く止めなかったことだけである。

彼らが一斉にあらぬ方を見たり、仕事を止めて移動したりすれば、私もまた慌てて見えない同行者の手を引っ摑んで駆けだしていたかもしれない。犠牲者以外の第二次災害が起きなかったのは、税関の関係者の冷静で日常的な姿勢だった。

私はそこで習ったのだ。いかなる天変地異が起きようと、敵から攻撃を受けようと、指揮官、または群衆から一番目立つところにいる人は、人間の義務として、日常性を継続して見せねばならない、ということだ。

もっともホテルで地震に遭えば、少なくともここの方が、築五十年を過ぎた我が家より安全だろうと、素早く私が計算するのは当然だ。だから慌てなかったのである。

こういう判断は冷静にしかも分析的に行うものではなく、ネズミの本能に近いもので瞬時により安全な状態を認識するのだ。知性より、時には本能が大事だ、と私が思う理由である。

ヒマワリの眼

——自殺を考えた時に、思い留まる方法

南インドを片道十時間ずつの距離をバスで旅した時、途中で何度かおもしろい感覚になった。道の両脇には、古木の街路樹があり、その影が強い日ざしを防いでくれているのだが、その木の幹や枝ぶりが時々ぎょっとするほど、別のものの姿——たとえばワシの格好とか、考えにふける老人とか——を表わしていることがある。日本の杉林の間を車で走っていても、決してそういう思いにはならないのだから奇妙なものである。

奇岩怪石と呼ぶべきものが点在する土地もあって、この巨石がもし日本にあれば、一つ売り飛ばすだけでも、結構なお金になるのだがな、と通俗的な計算をするが、そ

の石がまた温かい感じに角が取れていて、やはり人の顔に見えたり、家庭用品に似ていたりする。こういうことは普段あまりないので、精神がおかしくなったのかな、と思うことはあったが、まあ性格のおかしいのは昔からなので、大して気にもしないことにした。家を遠く離れて旅をしていると、雲の形にも、何か親しい人のメッセージを感じたりすることはよくあったのである。

日本の生活の中でそういう感覚が起こらないのは、日本には天然自然のものが極度に少なくなっているからだと思う。工業製品をきっちりと組み合わせて作られたビルや町の中では自然の曲線というものがないから、お化けに見えたり道具に見えたりするものがないのだ、ということに初めて気がついた。

南インドでは、所々にヒマワリ畑があってちょうど花盛りだった。この花が実になると、ごく短い期間、季節労働者が低賃金で畑仕事に狩り出される時がやってくる。今度私が調査に入った地域では、こうした日雇い労働者の多くは不可触民(ダーリット)と呼ばれるヒンドゥの階層の人たちで、ヒマワリの季節が終われば、また、情容赦もなく、ほうり出されるのである。

しかしこのヒマワリ畑は、また奇妙な土地である。若い背丈の低いヒマワリは、いっせいにこちらを見つめているように見えるのだ。どんな盛り場を歩いたって、これだけの人の眼に、いっせいに見つめられることはない。しかもヒマワリの視線は若い娘たちの視線に思える。

自殺を考えているような男を、このヒマワリ畑の真ん中に立たせたら、自殺を思い留まるのではないかと思う。こんなに見つめられては死ぬに死ねなくなるだろう。

都会は賑やかなようでいて孤独なのだ。これだけ清い自然が残っている土地は鳥や虫だけでなく草木の声さえ満ちていて、実に騒々しいくらいである。久しぶりで子供の時と同じような空想の世界にひたって、十時間ずつのバスの旅も決して退屈しなかった。

花咲く森が遠のいて

——愛という真理を教えてくれる詩

前の項で、金属などの工業生産品だけでできた直線ずくめの都市に住んでいると、空想や幻想の範囲がなくなることを書いたが、日本に帰ってきて、私が一番したかったことは、インドでの体験をまだ皮膚感覚が覚えているうちに、ラビンドラナート・タゴールの詩を読むことだった。

もちろん膨大な作品を、読み尽くすことなどできるわけがない。しかし私は詩集をめくる。「病床にて」という作品の第二十六歌の最後は、こんなふうに綴られていた。

「私は知っている——

世界の舞台を去って行くとき、

花咲く森が　季節季節に
私がこの世界を愛して来たことを証するだろうことを。

この愛こそが真理、それこそはこの世の贈り物。

いよいよ別れを告げて行くときも
この真理は色あせることなく、死をも拒否することだろう。」

この詩は一九四〇年十一月二十八日未明に作ったとされている。彼の死の前年、一八六一年生まれのタゴールが、七十九歳の時の作品である。その感覚のみずみずしさに驚くばかりである。

しかし私が今ここで言いたいのは、恥ずかしいほど単純なことなのだ。それは季節季節を映す花咲く森がなければ、愛すべき世界の感覚も薄く、死の時に当たって「この愛こそが真理、それこそはこの世の贈り物」と思えないだろう、ということだ。

人間は二つの道をとることはできない。私たちは自然や原始よりも文明を選択した。文明をさらに複雑にするために躍起となった。私などは文明を心からありがたがった。理由は簡単である。私は水汲みに行くのも、寒さに耐えるのも嫌だった。私は温かいお湯で湯浴みをしたかった。私は歩くよりも自動車に乗ることを好み、しばしば「こういうぜいたくは、徳川家康でもできなかった」などと馬鹿なことを考えた。

そうして花咲く森は私たちの世界から遠のいた。そして私は思ったのである。そうだ、便利で辛くない方がいいから、花咲く森なんか諦めよう、と。だからもしかすると、人生の最期にも、私たちは、私たちの生涯を証する愛を持てないのかもしれない。

それでもまだ、私たちの時代は、花咲く森の片鱗を記憶している。しかし今の子供たちはどうなるのだ。今夕のニュースで、私は金属でできた十五万円の犬に「かわいい！」と相好を崩す人たちを見た。この犬も実は死骸だ。死骸を愛する人間の感覚も死骸に近い。

亀と小鳥
――老年とは、悪意にもいらだたないこと

私は普段あまりマンガというものを読まないのだが、たまに読む日本の名作の中には、文字で書いた短篇小説がとうてい及ばないほどすばらしいものもあるし、先日は英字新聞のマンガに、深く考えさせられるものがあった。

非常に有名な作家なのかもしれないが、今述べたような理由で、私はマンガ作家の名前に極めてうといので、当然そのジム・トゥーミイという人の名前も初めて知った。題は『シャーマン池』というものである。

登場するのは、二人、いや二匹だけ。亀と小鳥である。舞台は干潟なので、物語は当然水の上。大きな亀はだらしなく石らしいものに寄り掛かり、お腹を見せて両足を

投げ出して本を読んでいる。思索的な亀らしい。一方の小鳥は両眼が出っ張って、オレンジ色の羽で、キャピキャピという感じである。

まず小鳥が言う。

「まあそうだ」

「僕は新しいことを学んだんですよ、亀さん。あなたたちは長生きなんだってね！」

亀は本からうっとうしそうに眼を挙げながら答える。

「それで亀の人生としては、あなたなんかまだ若い方ですね」

「まあね」

「あなたは、若くは見えないんだけど」

「ありがと」

「僕はね、あなたは老人に見えるって言ってるんですよ」

「おいぼれだっていう意味かい？」

「いいえ、ただ年寄りだってことです。僕たちが飛行機に乗ってマイレージを溜めるみたいに、年をたくさん持ってる人だってこと」

「つまりよく旅行する人という意味だね」

小鳥は次第にいらだってくる。

「いいえ、『古めかしい』とか『時代物の』という意味ですよ！」

「古典的で由緒ある、ということだな」

「もう人生の丘を越えて……」

「山を上りつめ……だな。その次は何だ？」

亀はゆっくりと首を巡らし、小鳥のいらだちは絶頂に達する。

「僕はあなたを、年寄りだからバカにしようとしてるんですよ！」

「だろうな。しかしあまり、その悪意は効いていないいな」

亀は徹底して穏やかである。老年ということは、悪意にもいらだたないということらしい。何気ない名作である。

収穫までの長い年月
——庭仕事は辛抱強さを鍛え、待つ力を養う

或る年、私の家では今までにないほどの蜜柑をたくさん収穫した。多分三百キロ以上は採ったのである。この蜜柑の木は、二十年ほど前に私が眼の病気をしたのをきっかけに植えたものである。私は字が読めなくなり、手術の予後も百パーセント希望を持てるという状態ではなかった。私は二十三歳の時、小説を書き出して以来、初めて一度に六本の連載をすべて中断しなければならなくなった。

講演と聖書の講義を受けることは続けていたが、それ以外のことは何もすることがなかった。聖書も自分では読めないので、講義をしてくださる神父さまが、私のためにその日の箇所を読み上げてくださるようになっていた。

そんな時、私は自分の心に救いを求めるように庭仕事をした。草取りはできないから、雑仕事を手伝った。手さぐりでトマトの幹を支柱に結びつけたり、ごみを捨てに行く、というようなことであった。蜜柑の木もその時に植えた。

柑橘類はほんとうはもっと早く成るはずだが、私には理由はわからない。ただ本に書いてあるのよりはるかに遅れて、蜜柑の木は生長し、たくさんの実をつけるようになった。初めの手さぐり作業は牛糞や骨粉を入れることだったが、その結果の結実は大して多くはなかったのだ。そのうちに当時の農協で売っていた「蜜柑の肥料」というものをどかっと入れたら、急に成り方もよくなった。

幸い私は気が長かった。小説家に共通した特徴は、気が長いことである。それに私の感覚では一年二年はあっという間に経った。私の眼の手術がうまくいって、再び仕事に復帰できるようになったから、時間は健康に推移するように感じられたのだろう。成りが遅いと感じられた木も突然変わってくる。今年は売り物になりそうな大きな粒の蜜柑の味が急に濃くなった。去年はいまいち味が薄かったのである。

新約聖書の「コリントの信徒への手紙（一）」の中で、パウロは、愛というものは

（たとえ善意であっても）相手を変えさせようとすることではなく、辛抱強く相手をそのままの姿でただ庇い続けることだ、と書いている。改心、或いは、改変させようとするのは愛の行為ではない、というのである。

辛抱強く見守ることが、すべての事を成功させる秘訣らしい。もちろん「蜜柑の肥料」もやらなかったら実の数も増えず、味もよくならないだろう。しかし最大の要素は待つことだったという気もする。

ことに子供の教育は、待つことだ、と思う。そう思っても親はつい短気を起こして、叱ったり、もうこの子はだめだ、と諦めたりしそうになる。しかしとにかく私の体験では、蜜柑が成るまでにだって、長い長い年月がかかったのだ。

第四章

友という最大の味方

頼れる味方は、近くにいる。
会って一緒に食事をし、会話を重ねよう。

隣席の人

――友を作る才能

ブラジルで長く暮らしている日系の婦人がこんな話をしてくれた。「ブラジル人って、ほんとうに人なつっこいんです。バスで隣り合わせてちょっと天気のことか市場の買い物の話をしただけで、もう自分の身の上を話し出すんです。自分の家族のことか、恋人に捨てられて辛かったこととか全部ね。見ず知らずの他人の私にですよ。そうすると、多分、心の辛さも半減するんでしょうね。こちらも友達になったような、貴重な人生に立ち合わせてもらったような、充実した気分になるんです。名前も知らずに別れるんですけどね。名前なんて大した問題じゃありませんから。その人はれっきとしてそこにいるんですもの」

日本ではわりと近年、「トラウマ」という聞き慣れない外国語で、心に受けた傷のことを問題にするようになった。天災、内戦、社会の貧困などで、肉親、家、財産、職業などを失う人々が大量に出るようになると、トラウマを癒すことを社会の方策として考えねばならなくなった。

破壊された生活環境と共に、そうした人々の心の傷は、以前よりもっと学問的に有効に取り除く方策が研究され開発されることを、私は決してむだだと言うつもりはない。しかし人間は本来、バスの隣席の人のように、他人に苦しみを聞いてもらうことで心を癒してきたのである。

しかし近代的な文化の形態は、プライバシーが大切だという。アカの他人に自分の半生など決して語らない。その代わり金を払って精神分析を受けるのである。

この頃は自分でできることでも専門家を使う。簡単な書類でも代書屋を使う。ただで使えるものにわざわざお金をかける。たとえば外国で飲めないと言われている蛇口の水でも、それで米を炊く場合には何の支障もない。それでも黙って見ているとわざわざ買ったボトル入りの水を使ってお米を炊いたりしている。煮沸する場合には、澱(お)

り水や特殊な成分の水ででもない限り使っても安全なのである。

心を受け止めてくれる一番楽な相手は友人である。昔からの私の生活の歴史を知っているし、私の性癖もよく心得ている。心の癒しには、友達に手を貸してもらうのが最上の方法なのだ。それなのに、「私には友達がいません」と言う人がよくいる。何のために学校に行ったのかと思う。貧しくて学校にも行けなかったブラジル人は、ただ隣の席に座った人でも友達にしてしまう。

行きずりの人に身の上話をしてトラウマを解消することを、軽率だという人もいるだろうけれど、私はやはり一種のすこやかさと強さとして、その人の才能の一つに数えたい、と思うのである。

機嫌よくしていなさい
——周囲の気持ちを楽にする徳の力

私は小説を書くという、どちらかというと無頼な仕事をしているせいか、規則通りにことをするのが苦手で、すぐ無茶な発想をする。しかし規則にはないゲリラ的なやり方ででも解決しなさいと言われると、人より得手なのではないか、と思う。

先日も、東京電力福島第二発電所の見学を許され、事故の当日の話を聞かせてもらった。第二発電所が、どうにか大事に至らずに済んだのは、計器盤まで真っ暗になるという体験したことのない真の闇の中で、とにかく敷地内の遠い地点にあるまだ生きていた電源を探し出し、何百メートルもの距離を人力でケーブルを運んで繋いだからだという。私はこういう時に真っ先に働くタイプだ。

正式なものではないが、どこかで助けてもらえる存在というものは、どこにでもあるものだ。介護の手伝いもそれが可能な領域だ。正式に預ける場所を探し出すのは大変な場合でも、知人・近隣の人が、ほんの短時間介護の要る人を預かって、たとえば午後のお茶をご馳走してくれるだけでも、介護人の気持ちは軽くなる。介護される人も、珍しい人に会ったり場所に行けたり、珍しいお菓子を出してもらったりすれば、機嫌がよくなる。その人の機嫌がよくなれば、それだけで周囲は楽になるのだ。

「機嫌よくしていなさい」というのは、古来、統治する者の一つの徳であったとも言う。ところが為政者たちは、少し思い上がったり、地位に馴れてきたりすると、すぐ機嫌が悪くなる。老人も老いて体の調子が悪くなると怒りっぽくなる。それが認知症の初めだという説もあるくらいだ。

自分をも含めて機嫌が悪いことを自覚した時には、私は口に出して戒めることにしている。放置しておくとほんとうにぼけが進みそうだからだ。

荷物は少し誰かが手や肩を貸してくれれば、それだけですぐ軽くなる。こんなわかりきったことをしない手はないだろう。

人間性の証（あかし）
――「会話」は、食事・排泄・入浴と同じくらい大切

人を「生かす」というのは何を指すのだろう。

普通、貧しい国家や社会では、「生かす」ということは、現在でも食べさせることを意味している。教育を与えることは、二の次だ。難民キャンプで今日から実行しなければならないのは、食べさせることである。もちろん子供に初等教育を与えることは、数カ月後には考えなければならない問題だろうが、今日明日に差し迫ったことではない。トイレを作ることも、水浴や洗濯をさせることも、衛生を考えれば緊急の課題だが、今日（こんにち）の問題ではない。しかし、食物と水を供給することは、今日の問題だ。

自分で動けなくなった老人にも、同じような原則が当てはめられている。もちろん

日本の社会は、難民キャンプよりもっときめ細かい高度の配慮がなされている。週に二度は入浴させよう。毎朝リハビリ体操をさせよう。お花見にも連れていく。施設でコーラスの練習もあれば、音楽会も開催する。しかし、ほんとうに人間を「生かす」もう一つの機能を維持する努力はあまりなされていない。もちろんそれが一番むずかしいことなのだ。それは、老人たち同士に、会話をさせることである。

私自身、少しずつ体力がなくなっていくのを感じているから、物事を「せずに済ませる」姿勢が次第に強くなっているだろう。だからもしかすると、もっと年を取って私自身喋るのが億劫になると、黙っているのが一番楽になるのかもしれない。さらに耳が遠くなって、相手が言っていることが聞き取れなくなると、次第に沈黙が無難と考えるようになりそうな気もする。

しかし人間生活で、食事、排泄、入浴などと同じくらい大切なのが、「会話をする」ということだ。どうしたら高齢者が最後まで外界に興味を持ち、人の語るのを聞いてそれに反応し、自分の考えを話せるという状態を保てるか、今後最大の懸案だと思っている。喋ってこそ人は動物と違う存在になるのだから。

話すこと、食べること

——人間、食べている時は人を憎まない

昔、四十年近く前に、私の家に強盗が入った。今でもよくその理由がわからない人であった。というのは、私の家と知って入ってきたのだが、私に大した恨みもなく、ファンというほど作品も読んでいず、ただ刑務所の昼休みに流される放送で私の名前を覚えたというに過ぎないらしかった。

というような事情がわかったのは、彼がナイフを片手に私の家に押し入って、騒がれて逃げた後、正確に言うと事件の翌々日のことだったと思うが、彼は執拗に私に、警察の言う脅迫電話をかけてきたのである。

私は法務省の製作番組の中で、自分は正しい人間で、「そうでない人」に反省を促

すようなことを決して言わなかった。というのも、私は子供の時から、平和な家庭に育たなかったので、追い詰められれば人を殺したかもしれないという記憶が何度かあったし、自殺をしたかもしれないし、私は生涯行い正しい人生を送ります、などと保証できるような半生を歩いてこなかった苦労子供だったからである。人を諭すなどということは、私のもっとも嫌うところであった。私が今にいたるまで、犯罪を犯さずに済んでいるのは、私が窮地に陥った時、いつも周囲に誰かが、私の悲しみを共に背負ってくれたからである。

その強盗は、公衆電話から公衆電話へと、一通話ごとに場所を換えて電話をかけてきた。つまり彼はトータルで十三回、つまり約四十分近く私と喋ったのである。もちろん私の家の電話には逆探がつけられていたが、私はそういう時、ほとんど恐怖を感じない性格だったから「この次は必ずあんたをやる」と相手が言った時、「そんな芝居がかった言い方はおよしなさいよ。あなたにせよ、私にせよ、殺すの殺されるの、というほどの人物じゃないんですから」と言ったのである。多分この一言で、彼は平静な気分になり、それから後は、私との会話を楽しむようになった。

何回目かの電話からは、私の家の戸締りがなっていない、と批評し、「どうしたら安全になるか教えてください」という私の問いに「表庭と裏庭に一匹ずつ犬を飼うといい」などと教えてくれるようになった。「今後は決してあんたに危害を加えない。しかしこういう犯罪には類似犯が出るから、それには気をつけるように」と親切だった。

警察はもちろん電話を傍受していたが、当時の能力では、三分以内にどこの公衆電話かを特定することは無理なようであった。私は彼の言葉を信じて「もうあの人は何もしないそうですから」と言ったが、警察はそれを信じなかった。もちろんプロとしては無理のないことだろう。

その時、我が家にいた刑事さんの一人が、「凶器を持った犯人と向き合ったら、会話を続けるのがいいんですよ」と教えてくれた。人間は、会話をしながらは殺さないのだという。ほんとうにそうだろう。「おれが小学校一年生の時だよ。クラスに花ちゃんというかわいい子がいてさ……」などと言いながら人を殺すのはほとんど不可能だと思う。だからできるかできないかは別として、犯人とは喋ることが大切なのだ。

恐らく国家や組織との間の対立でも、この原理は生きているだろう。

私は中年以後、他人を理解することはほとんど不可能だと思うようになった。もちろんその人の家庭環境や職業はよく知っている。しかしその人の心の深奥まで知っているということはほとんどあり得ないし、もし知っているなどと思ったら、それは相手に対して失礼なような気さえした。

偶然その年頃から私はなぜか料理がうまくなった。もっと正確に言うと「手抜き料理」を素早く作るこつを覚えたのである。私はコンピューターに向かって原稿を書きながら、三十分に一度くらいは立ち上がって歩くことが健康上いいと感じている。それに適しているのが台所に行って料理をすることであった。その結果、うちで原稿を書く日には、やたらにおかずができるようになった。もう要らないと思っても、冷蔵庫の奥で忘れられかけているような食材を見つけると、それを捨てるのがもったいなさに、何か一品作ってしまうのである。

その結果としてその頃から、私は人にご飯を食べさせる趣味を持つようになった。これはもしかするとはた迷惑なことなのだが、中には奥さんが病気療養中とか、「お皿を洗わなくて済むならどんなまずいものでもごちそうよ」と言う友人などもいて、私の料理もまんざら忌避されることなく誰かが食べてくれたのである。

人間食べている時も原則として人を憎まない。しかし現代人の一つの特徴は、ほとんど人を食事に招くということがなくなったことだ。昔の母たちの世代は、よく家に人を招いて、手料理で食事をしていた。

喋っている時と、一緒に食べている時には殺さない。この原理は国際的な紛争を防ぐ時にも当てはまるような気がする。

捨てられるという贈り物
——すべてこの世にあることはむだではない

実際の生活の上で生か死か追い詰められるという状況に、私は陥ったことがない。空襲は体験したが、あれは一方的に攻撃されるので、反撃の余地は全くないものであった。

しかし人生で、困難に陥ったことはある。「窮鼠、猫を嚙む」というのはこういう場合かな、と思われる時だ。しかしそこでうっかり猫に嚙みついたら大変だ。猫は私という鼠に前足を齧られるだけで済むが、怒った猫が私という鼠に反撃してきたら、私の首は嚙み切られるかもしれないのである。

普段の私の性格は気が短い方だと思っている。何度か美容院を変わったのは、技術が気に入らないのではなく、ひたすら丁重ぶってつまらないことに待たせたからである。私はさっさと仕事を始めてくれればいい、といつも急いでいるから、セレブ風の美容院の空気になじまないのである。

しかしほんとうの「和」の機会を摑むのは、待つことのできる温和で強い性格だと、よく知っている。家族の中の対立でも、友人の関係でも、状況は常に変わるからである。変わらない関係は一つもなかった。強情な性格で死ぬまで変わらなかったという人はいるが、他の要因は変わるのである。

私は今までに二人の人から絶交を言い渡された。どちらも女性であった。私からそんなことを告げたことは一度もない。男から言われたこともない。多分男はそんな場合、さっさと遠のいていくだけなのだ。女性の方が誠実とも言える。もう付き合わないと言われて私は当惑したが、その通りにした。二人とも理由を告げなかったのが不思議だった。喧嘩別れするくらいならはっきりと「あなたのこういうところが嫌いなのよ」と言えばいいのにと思ったが、二人共、日本人的な控えめな美徳を残していたのだろう。

私を嫌ったのは決して二人だけではないはずだ。他の多くの人は、黙って私を捨てたのだ。捨てられる立場というのは、優しくて穏やかでいい、と私は考える。ことに捨てる女より捨てられる女になる方が私は好きだ。捨てられている間に時間が状況を変質させることを信じているのである。私を捨てた二人のうちの一人は、数年後に連絡を取ってくれた。私は何事もなかったかのように友好関係を復活した。絶交の理由はわからないままだったが、わからないままなことも現世にはたくさんあると私は思うようになっていた。

私がそれとなく絶交して避けようとした相手は、すべて男性であった。女性ではそれほど嫌う人がいなかったのは不思議である。やはり同性は、理解するのが簡単なのかもしれない。

時間は、終生、私にとって偉大なものであった。時間は、私の中の荒々しい醜さの、常に漂白剤でもあり、研磨剤でもあり、溶解剤でもあり、稀釈剤でもあった。時間は光でもあった。まだ日の出前に字を読もうとすると暗くて見えないことがある。フェルメールの絵の人物が常に窓際にいるのは、電気のない時代の人たちは、現実問題としていつも窓際でしか充分な光度の中で手紙も読めず、針仕事もできず、子供もあやせなかった。光は時間と共に射すこともあり、同時にまた時間と共に消え失せる場合も多いのだが、その変化が人間に多くのものを語り、教えるのである。

私はむしろ、和という観念が苦手であった。和というと、私は一時代前の菓子器の蓋に書いてある字か、校長先生の色紙しか連想しない。

しかし和は実は偉大でむずかしい徳である。そこには、身も心も削るような辛い許しと慈悲が要る。しかし同時に、その許しと慈悲を実行するだけの強さも要る。私にはその気力がない場合も多い。

和は、誰かとパレードをすることでもない。合唱することでもなく、一緒にお祭りをすることでもない。和は共に耐えることなのだ。そして私は、私のような人間と共に耐えてくれる人のことを、家族であろうと友人であろうといつも深く感謝していた。

近年、自衛隊が海外に派遣されることが多くなった。そこで多くの隊員たちは、これが同じ人間かと思うような違った思考に出会うだろう。と同時に、どこにも人の心があるのだ、というわずかな例にもぶつかるだろう。

簡単に和など信じていたら、それが元で命を落とす。この地球上に普遍的なのは、むしろ相手を信じないことだ。自分と家族と味方を守り、そのために戦うことなのである。外国人である我々は、基本的に家族でもなく味方でもない。しかし敵対部族といえども、砂漠では水とパンは与えねばならないという砂漠の民の掟は、そこで初めて輝くのである。

すべてこの世にあることはむだではないのだ。たとえば、新聞記者は記者である前に重厚な人物でなければいい記事は書けず、自衛隊員は、自衛隊員である前に魅力的な人間であり、軍人として成功する前にいい人生を送ってほしいと願っている。すべてのできごとと時間はそのために気長に用意されていると思えばいいのだ。

組織は声から始まる

——明るい声で、この一瞬を共有したい

声というものは、よくその人の性格や組織の姿勢を表わすものだ。時々親しい友達と電話で寝ながら喋ったりすると、向こうは私の姿勢をちゃんと見抜いている。だから目上の方に対する時などは、姿勢を正した方がいい。よく電話に向かってお辞儀をしている、と笑われるが、お辞儀をすれば多分声にも慎みが出るのである。

官庁の電話の声は、私の密かなランキングづけの対象である。声がどれくらい無愛想かということで判断するのだ。もちろんすべての省庁に電話したことがあるわけではないが、外務省など下から二番目くらいの順位になる。実に不愉快そうな声を出す

人が外務省にはいくらでもいるのだから、これはブラック・ユーモアなのだ。

一番恐ろしいのは法務省の外国人の出入国を取り扱っている部署である。私はたった一度だけ、用事でかけたことがある。相手は忙しいのだから、できるだけ簡潔に、礼儀は失しないように質問をしたつもりだが、相手の、いやいや答えてやっていると言わんばかりの不愉快そうな声は、まさに地獄の底から響いてくるような迫力があった。

私はまあ移民でもないし、不法滞在者でもないから心に余裕があるが、言葉も不自由なのに、やたらに相手の都合も考えず出頭を命じ、証明書や申請書を数限りなく出させて平気な法務省は、民間からサディズムの巣窟だと思われている。今日はどんな形でいじめられるかと緊張して電話をしてくる移民や外国人は、「地獄で（仏ではなく）まさにエンマさまに会った」気分だろう。

組織は声から始まる。

お愛想を言えというのではない。誰にとっても、現世はうんざりすることだらけだ。せめて同じ時に生まれ合わせ、声だけでも交わす縁（昔は「えにし」と読んだ）を持った人とは、明るい声で、この一瞬をできるだけみじめでなく共有したい。相手も、たとえその時涙を流していようと、同じように声だけは明るく接しようとするだろう。そのお互いの努力が大切なのだ。

自分が不愉快なら、不愉快な声を出してもいい、ということは少しもない。むしろ自分の内心がどのようであろうと、平静と礼儀とを失わないように取り繕えるのが大人というものだ。

今は皆単純な子供ばかり。きっと「自分に正直に」と日教組の先生が教えすぎたからだろう。

ありがたいことにキリスト教は、心からではなくとも、理性だけでもいいから愛を実行せよ、と教えてくれた。心と行動は違っても仕方がない。せめて心と行動とは裏腹でいいから、相手に優しくせよ、と教えてくれたのである。

賑やかな夜

――配偶者を失った高齢男女が、共に食事をすれば

私は修道院の経営する学校に育ったので、西洋のカトリックの修道生活というものを幼い時からごく身近に見て育った。同級生の中には、シスターになることに憧れた人もいたが、私は自分の弱さをはっきり知っていたので、一度も修道院の生活に憧れたことはなかった。しかし教えられることはたくさんあった。沈黙には大きな精神上の効果があること。不必要なものを身辺におかない癖をつけること。いつも身辺を清潔に掃除しておくこと。衣服は清潔で繕ってあれば、古くてもいい……というような感覚も身につけてもらった。

肉体的な愉しみに対しては総じて禁欲的ではあったが、修道生活で大切にしていた

のは食事だった。もっとも食べ物自体に興味を持ちすぎてはいけないというので、食事の間中ずっと「霊的読書」と称する本を読み上げる係のシスターがいて、その朗読の声に聞き入りながら食事をする、ということはあった。

しかしカトリックの祭儀自体にも、私たちが「ご聖体（コミュニオン）」と呼ぶパンを司祭から口に入れてもらう場面がある。パンは味のないウェハースのようなものなのだが、キリストの体として私たちの中に迎えるという信仰上の解釈があった。最後の晩餐はイエスの死の直前だが、それでも弟子たちとの食事には、教義上の大きな意味を有していた。「コミュニオン」という英語は小文字で書けば「親交」とか「交流」とかいう意味だが、大文字にしただけで「聖体拝領」の意味になる。神と人、か、人と人が食べ物を通じて交わることが「コミュニオン」で、非常に大切なこととされている。

年を取るとまず身体的に弱り、次第に内にこもって、他人と会わなくなるという人は多い。ことに最近は一般の家庭でめったに人を招待しなくなった。昔はもっと、家庭に友達を呼んで食事をしたものだった。

高齢になると、男女にかかわらず友達が配偶者を失って一人になることが多い。そんな時、人はどうしてもっと、気楽に一人暮らしの知人・友人をお茶や食事に招かないのかと思う。運ぶ手間が辛ければ、台所の小さなテーブルで向かい合ってもいいのだ。茶道の心得のある方なら、そこで上等のお菓子とお茶。私ならインスタント・コーヒーとクッキーで済ますかもしれない。私は昔からおいしいメザシと家の庭で採れたホウレンソウがあるだけで、友達を食事に呼ぶことがあった。

一人で寂しく夕暮れを過ごすことはない。誰かと共に食事をするだけで、周囲は賑やかな夜になるだろう。

当世おっちょこちょいたち

――夫のお通夜で、すやすや眠っていた老婦人

どんな実人生にも、それらしくない滑稽な瞬間がある。

私の知人の老婦人は、夫のお通夜の間中、ずっとすやすやと眠っていた。献身的な賢夫人という評判だったから、看病疲れが出たのだろうと、誰もが察してはいたのだが、隣に座った息子が何度突っついてもあまり起きなかった。その光景は夫との別れを悲しんでいるというよりほっとしているように見え、周囲の人たちの温かい微笑を誘った。

小説家はこういう情景を描いて、むしろその老婦人がいかに亡き人にとってはなくてはならない伴侶だったかを描くのだが、世の中には時々、「常識はずれのこと」や

「信じられないようなこと」があって、私は善悪も理屈もなく、その濃厚な人間性に笑い出すことがある。

二〇〇六年になって一月九日の英字新聞に掲載されていたフランス通信によれば、五週間前に、バグダッドで誘拐されていたベルナール・プランシュという五十二歳になるフランス人の技師が、このほどめでたく解放されたのである。この人は水道などを敷設するNGOで働いていたのだった。

誘拐犯はお定まりの台詞で、フランス政府に対し「イラクに不法駐留している軍を引かなければプランシュを殺す」と脅していたのだが、フランス政府が、我が国はイラクに兵を出していない、と教えてやったので、人質は解放されたのだという。

過激派などというが、その粗雑なおっちょこちょいぶりは、「まるで私のやることみたい」である。脅迫するなら、果たしてフランスはイラクに派兵しているかどうかを調べてから言えばよかったのだ。おっちょこちょいは過激派にもいるというわけだ。

それで思いついて、「おっちょこちょい」というのを和英辞典で引いてみた。わざわざ語学学校へ行かなくても、電子字引で英語を教われるなんて、何というい時代だろう。

出ている翻訳は二つであった。「スキャターブレイン」と、「ケアレス・パーソン」である。「スキャターブレイン」というのは「注意散漫」、文字通り解釈すると、脳味噌が散らかっている人のことである。「ケアレス・パーソン」という方が、かなりまじめな表現という感じで、「注意をしない人」のことである。

簡単に言うと、過激派と言っても主義主張がきちんと通っているわけではないのだ。人質を取ること、その後の脅迫のやり方にも出来合いのパターンがあって、同じ文句を使うわけである。しかも人間は、私の体験から言っても、間違いないと思い込む部分ほど決定的に間違えるものなのだ。そこがおかしさなのである。

当時、私は年に何回か一、二週間をシンガポールで暮らしていたのだが、それは私の読書と執筆と、異文化との接触のどれにとってもいい状況だからであった。もっともそんな高級な理由だけを挙げていると少し嘘くさい。シンガポールは、もちろん冬暖かく、夏も明らかに日本より涼しいので寒がりの私にとってはまさに救いだったのである。

本が読める理由は、テレビが一台しかないことにもある。そして何度、心を改めて見ようとしても、日本のＮＨＫの放送は世界的視野には欠け、改めて島国根性、井の中の蛙、幼稚などという言葉を思い出させる内容なので、自然にテレビを見なくなることが読書推進に大いに役立つのである。

新聞は私の大好きなものなのだが、シンガポールで日本語の新聞を買おうとすると数百円もする。しかし、地元の英字新聞は五十円以下で買えるので、私は経済観念からもっぱら英字新聞を買って、それこそ一日中、書くことに疲れると、広告から死亡記事まで丹念に舐めるように読んでいる。

その中で、目の覚めるような死亡記事があった。面積が大きいからおそらく有力者の家の夫人なのだろうが、普通は誰でもが、何歳で亡くなったか享年を記してあるはずのところが、全くの空欄なのである。

死者には孫も大勢いるところをみると、三十歳や四十歳ではない。女性の死者の場合、たとえ八十五歳で死んでも、使われている写真が五十代というケースはよくある。しかし死んでまで年齢を徹底的に隠すという人は、少なくとも日本では見たことがなかった。

有力者の死亡記事は縦二十五センチ、横十七、八センチほどの大きなもので、しかもそれを二つも三つも一人の死者が占めている時がある。それはその人自身が社会的名士だったり、企業家の妻や父母などである場合だ。この名士が関係している複数の会社がそれぞれに、追悼の言葉を載せた死亡記事を出すからである。

この記事がまた私にはなかなかおもしろい。死者が男の場合は、妻或いは妻たちがまず名を連ねる。先妻が死亡している場合もあるが、まだ古い中国人社会では、ごく数は少ないだろうが、公然と複数の妻を持つ人もいたように思われる。それから息子とその配偶者、娘とその夫たち、男孫とその配偶者、女孫とその夫たち。洗礼の時、代父や代母になった子供たち、養子、と直系の子孫はすべて名前を出すから、まことに読みでがある。日本の死亡記事はその点、家族のイメージが浮かび上がらなくてつまらない。

とにかく隠したってわかるのにと思うのは、私のような怠け者の判断で、世の中には死んだ後でも体裁よく思ってもらうために「頑張っている人」がいると思うと、少し心が引き締まる。

私は今でもパソコンのワープロ機能は使っているが、インターネットもEメールもホームページの使い方も知らない。だから二〇〇六年初め、堀江貴文社長の「ライブドア」に地検の捜査の手が入った翌日、そうした「近代兵器」の持つ意味に詳しい人たちに会えて、捜査のほんとうの目的を教えてもらえたのは幸いだった。

昔の家宅捜索といえば押収するのは帳簿や手紙だった。しかし今はもっぱらコンピューターの記録がターゲットなのだという。近代兵器は便利だが、始末が悪い。紙なら燃やせば証拠隠滅ができるが、ＩＴ機器は通信先の相手もあって、完全に消し切れないのだと言う。

説明者は、それでも私がよく理解できないことを素早く察知したらしく、私が、

「携帯があると、奥さんに秘密の女の存在を隠すのが大変だなあ」

と言うと、もてもて男は、

「そうです。ただ消しただけじゃだめなんです。携帯の電話機をカナヅチで叩き割って破片を踏んづけて、地面に埋め込まないと」

証拠隠滅はできないのだ、と教えてくれた。夜、公園で靴底で何かを土にすり込んでいる男がいたら、それは浮気男なのだ、と以後私は思うことにしたのである。

頭も顔も悪い

——凝りをほぐし、血流をよくして柔軟さを保つ

人間、機嫌がよくないと、周囲の人は困る。機嫌が悪いと、人は自分の希望を素直に口にできない。その人に接する他人も、機嫌の悪い人の傍にはいたくない。人の機嫌が悪くなる原因は感謝がなくなって文句の塊になるからだ。こうなるとますます人間関係は余計に縺(もつ)れるようになる。

別に機嫌をよくする方法ではないのだが、私は一定の年になってから、こころがけていることがある。それは頭の中の血流をよくすることである。

昔は低血圧だったから、私は若い時から、マッサージ、指圧、鍼などをしてもらうのが好きだった。それによって滞りがちな血流がよくなるのがわかったからである。

老年に差しかかると、人は眼、耳、歯などの能力と共に、思考能力も衰えてくる。すべてこうした器官の劣化は、外側から入ってくる情報を妨げる悪さをする。眼が悪いと本が読めなくなり、耳が悪いと他人との会話ができなくなり、孤立するようになる。歯が欠損すると食事がまずくなり、思考が衰えると一人前の人間として遇されにくくなる。いずれも死なないまでも、かなり困った状況だ。

私はマッサージの度に、頭と顔を揉んでもらうことにした。どこにも凝りがあって、押されると痛いが気持ちがいい。仲のいいマッサージ師は、その度に「頭が悪いねえ。今日は顔も悪い」と言う。頬や顎にもしこりがあるのだ。何と悪口を言われようと、揉んでもらえばありがたい。治療が進むと、私は頭が痒くなって、かきむしる。あまり格好のいいことではないが、脳にも髪にも多分血流が行き渡ったのだろうと思う。

手足を揉む人は多いけれど、頭と顔をほぐす人は少ないという。しかし私に言わせれば、肝心要は頭蓋内の血流にある。そこを手入れして少しでも柔軟さを保てば、もしかするとぼけも遅らせることができるかもしれない。目下のところ私のエイジング・ケアはそれだけだ。

老年に向かう効用
——健康な老成という変化を愉しむ

政治家でも何でも、人は高齢を劣性と考えて卑下する傾向がある。一面では、確かにそれは正しい。まず運動能力が衰える。私など、律儀に？　両方の足首を十年間隔で骨折したので、今では走っている人を見るだけで、その有能な肉体の動きぶりに感動する。

しかし知性の方はどうだろう。

私は最近、行方(なめかた)昭夫氏による『モーム語録』を読んだ。サマセット・モームがそのエッセイや小説の中で、何を言っているかを集めた労作である。多分私がモームが好きだとかねがね書いているので、その本を贈られたのだろう、と思う。

知らない言葉の中にも改めて惹かれるものも多かった。

「身勝手と思いやり、理想主義と好色、虚栄心、羞恥心、公平、勇気、怠惰、神経質、頑固、内気などなど、これらすべてが一個の人間の内部に存在し、もっともらしい調和を生み出している」

ほんとうにそうなのだ。一人の人間の中には、崇高な精神性と、野獣のような残忍性が同居していて当然なのだ。

このモームの言葉は、実際にいつ書かれたかはわからないが、少なくともモームが六十四歳になって出版された作品の中に収められている。

それと比べてこういう言葉もあるのだ。

「寛容とは無関心の別名にすぎない」

たとえば、妻が好き勝手に別の男と付き合うようなケースを平然と認めている夫、或いは、妻の浪費に対してほとんど文句らしいことを言わない不思議な夫がいるとする。その場合、そうした夫の表面的な態度を、少なくとも美徳の一種とされている寛容などという言葉で世間は感じないだろう。もっと何か不気味な計算があるかもしれない、と邪推するのである。

私の心酔するモームにしてからが、こんな荒っぽいことを言っているのか！　と少し驚くのだが、この文章が書かれた年代を計算すると、モームはまだ二十二歳なのである。

若さは文句なしにいいものだ、と思われているが、実はそうでもないらしい。天才も凡人も、多分人間は徐々に成熟する。天才なら五歳にして背丈も物事の解釈も一人前になるとはいかないようだ。とすると、私たちにも、健康な老成という変化を、愉しみに待つということが許されているのかもしれない。

第五章

老い、病、死

誰もが通る道を過度に恐れず、
冷静に現実と向き合えば、不安は消える。

姥捨ての村
——老いに毅然と向き合えない日本人

後期高齢者を別枠にして保険制度を作る政策を社会全体が怒っているらしい。私の周囲にはあれは当然なんじゃないの？　と言っている人がけっこういるのだが、ほとんどその派の意見がマスコミに出ることはない。私の記憶する限りテレビで「見直したって財源がはっきりしませんとね」と言った老女が一人。エッセイでは賛成派が一人だけいた。私は賛成だとあちこちに書いているが、或る週刊誌の談話取材で、「賛成です。医療費も私のように働いている者からはもっと出させていいんです」と言ったらその意見は載らなかった。取り上げられた人はすべて反対派ばかり。一人の意見が載らないのはかまわないのだが、反対派ばかり集める形で情報を操作する週刊誌を作る雑誌社は将来が怖い。

もちろん霞が関のお役人のご苦労知らずにはびっくりする。そもそも「後期高齢者」などという言葉を使うだけでかっとなる人たちが多いだろう、となぜ推測できないのだ。言葉に関する感覚と教養がないのである。

しかし日本人も悲しい。年寄りが毅然としなくなった。人間いつかは必ず死ぬ。「老人に死ねというようなものだ」というのが最近の流行語だが、言われようが言われなかろうが老人は死ぬのである。当然のことを言われて怒る神経が後期高齢者の私にはわからない。

アフリカの或る村で、私はほんとうの棄民、姥捨てを見たことがある。アフリカではしばしば死は自然のものとは考えられず、誰かの呪いの結果だと信じられている。だから呪いをかけた者は、村の共同体から追放する。というのはもちろん表向きの理由で、実は村民の暮らしの経済的なじゃまになる高齢者の、主に女性を始末するという目的がその制度に含まれていると思う。

呪術師は呪いをかけたと思われる犯人を断定する。それが村長のご母堂であったりする可能性はまずないだろう。選ばれた老女は村を追われ、住居も食物も与えられず、付近を放浪する。たまには孝行息子が密かに母に食料を運ぶこともあるらしいが、そのような悲惨な運命に遭った女性と少数の男性、合わせて五百人以上を集めて、とにかく生かしているカトリックの施設を訪ねたことがあるのだ。

「老人に死ねというようなものだ」と世間が騒々しく言うのを聞くと、私はいつもこの施設を思い出す。日本では、どのような老人にも、ともかくも衣食住を与え治療をする。それでも老人に死ねというようなものだ、とは、世界的レベルでは言わないのである。

病気の縁談

――「一生治りません。しかし死にません」は、いい病気

昔から、私はいわゆる縁談というものに関わるのが好きではなかった。どんな親しい人だって、その人の本質はわからない。

しかし最近、体の不調を訴える友達に、知人のお医者さまを紹介することはよくあるようになった。何が辛いと言ったって、体の不調が一番堪(こた)えるからである。とは言っても、知人のドクターに特別扱いをしてください、と言うことはない。私自身は、眼と両足に手術を受けた。それぞれに普通の人より面倒くさい点があり、それをクリアしないと受けた治療で治ったと言えないから、その分野の専門家を知ることになったのである。

ここのところ数年、私自身も体の不調を自覚している。先日ついに、リウマチの専門医にお世話になった。ごく軽い程度らしいが、私はシェーグレン症候群という膠原病の一種に罹っていた。このドクターのことは、リウマチでありながら働き続けている知人から聞いていたのである。だから一度でこの病名がわかった。そうでないと何カ所もの医療機関をめぐって時間とお金をむだにする。私は、だるさ、微熱、眼の乾き、足の裏が痛くなること、上腕の痛みなどで、時々起き上がれなくなる。「この病気は薬もありませんし一生治りません。しかし死にません」というのは、いい病気だ。治してくれる医者を求めて、日本中を駆け廻らなくて済むし、高い薬を買う必要もない。ケチだった夫の趣味にも合うだろう。

診断を受けて、その現実を受け入れ、覚悟を決めて、体の不自由を納得する。それが高齢者の生き方としては始末がいい。そこへ到達するために、早く正しい診断を受け、治る部分があるなら治療を受けて、行動の自由を取り戻すことだ。だから私は専門医を紹介することだけは、時々するし、自分もその恩恵を感謝して受けるのである。

何とかなる

――「運を信じる」という謙虚な姿勢

きちんと運営された組織の手もお借りして、自分たち家族も代わり合ってケアを必要とする人を支えるというのが、介護・看護の基本だが、人生は常にそんなおきれいごとだけでは済まない。多くの場合、自分一人の肩だか手だかに、その責任は押しつけられていると感じ、その責任は重いだけでなく、時にはこの暗澹(あんたん)たる生活がいつまで続くのだろう、と絶望的になっている人も少なくない。老人や難病を持つ人の介護は終わりが見えないから、辛いのである。

私も三人のほとんど同い年の父母を看ていた頃、手助けしてくれる人はあったにもかかわらず、そんな追い詰められた思いに何度もなったものだった。人は現在から一秒先のこともわからないのに、である。

　後から考えてみると、その切羽詰まった状況は、いつも予測もしなかった経過を辿って変化していった。一時期だけ助っ人に来てくれる人が現れたこともある。老人の精神的反応が、ぼけが進んだためか、穏やかになったので、介護が楽になったこともある。

　その他にも私の仕事が一段落して、精神的にゆとりができたこともあるが、連載が終わる時期などというものは初めからわかっていたのだから、「予期せぬ次第で」困難が去ったわけでもないのだ。

　人間の暮らしというものは変化そのものである。むしろ今と同じ状況を続かせるということの方が困難だ。私は極めていい加減な信者なのだが、一応キリスト教的なものの考え方からは離れたことがないので、そこに見えない神の手を感じることは終始であった。

　おもしろいことだ。努力も要る。しかし努力だけがことを解決するわけでもない。人間の一生は「努力半分・運半分」と私はいつも言っているが、実は努力だけを信じる方が、人間は思い上がるような気がする。運を信じることの方が謙虚なのである。

「何とかなる」という言葉の背後には、神がいるのだ。

秘書
——病気でもない人が、秘書を連れて歩くという不思議

五十歳くらいになった時、私は講演などのために一人で地方へ出かけると、よく同じ質問を受けるようになった。

「今日は、お一人でいらっしゃいますか?」

ほんとうに私はバカというかお人好しというか、その質問の意味を全くわかっていなかったのだ。私は講演会を利用して、ヒミツの男友達でも同伴しているのか、と聞かれたのかと思ったのである。しかし現実には、相手は私が秘書を連れてきたのかどうかを聞いているだけであった。

何で? と私は不思議な気分だった。私はまだ脳梗塞を起こしてもいないから、切

符の管理も、短い時間のうちに乗り換えることも何でもできる。それなのに、どうして病気でもない人が、秘書を連れて歩く必要があるのだろう。

もちろん秘書は、偉い人が到着地で出席する会議、面会などに必要な書類一切を携行して、あらゆる経緯を把握しているのだということは知っているが、ほんとうに必要かどうかわからない時でも、まだ若いのに秘書を連れて歩く人を見ると、野暮な人だなあ、そうでなければ体が悪いんだろうなあ、と今でも思う。

我が家の夫も何でも自分でする性格であった。むしろたいていの人より自分の方が全体を押さえていて、時には方向感覚もあり、行動も機敏で、ものの整理も管理もできると少し思い上がっているふしもある。

時々講演旅行から帰ってくると、同行した自分よりはるかに若い作家が、出迎えの人に「お荷物をお持ちしましょう」と言われると、当然のように威張って荷物を持たせる様子をおもしろそうに私に話してくれることもあった。

「しかも持たせた相手が明らかに年上なんだ」と夫は笑うのである。

新幹線の中で、秘書がずっと隣席でメモを取ったり、質問に答えなければならないほど仕事が立て込んでいる人は別として、秘書までがグリーン車に乗らねばならないこともない。私は自分でお金を稼いでいたから、若いうちから経済的に余裕はあったのだが、三十代でグリーン車や飛行機のファーストクラスに乗ることなど、原則として考えたこともなかった。しかし官公庁も、会社も、所詮出張費は他人の金だから、平気で秘書をグリーン車に乗せる。私の働いていた財団では、四十歳にならないと、どんなにポストは上でもグリーン車やビジネスクラスには乗せない規則である。

片時も秘書が傍にいないと、資料も出せなければ、電話もかけられない、メモも出てこない、連絡の方法も知らない、という上司は、もうそれだけでぼけているか、ぼけの予備軍だろう、と思って自戒したらいいのである。

足がないか、背骨がないか

——自立とは、足から頭までが繋がっている状態

私は最近、あまり日本のテレビがおもしろくなくなったので、もっぱら衛星放送を見ている。その結果、野生動物の生態に、生涯になかったほど詳しくなった。子供の時から今までで、こんなにライオンや象のことを知悉（ちしつ）したことはなかった、とまで思いかねない状態である。

野生動物には、それぞれに個性的違いはあっても、共通した特徴がある。それは、自力で餌をとって食べ、縄張りを主張するということだ。もちろんライオンは、普通牝が餌になる動物を獲るので、牡は後から出ていってゆっくりとごちそうに与（あずか）るだけだ。牡の立派なたてがみが、足の速いカモシカやシマウマを追いかけるのに適さない

のだそうだ。

人間が他の野生動物と違うところは、思考し言語を持つということだろうが、それ以外に、本能に逆らって利益を他者に譲ることができるということにもあるだろう。もちろん一般的に言うと人間も利己主義的なもので、自分の損になることはしない、という。私の友人の一人は、「ボクはケチだから、お金もアメ玉も人にはあげない。でも愛は無限だから、いくらでもあげる」とわかったようなわからないようなことを言っている。

まさに人間が人間であることを示すのは、愛の存在なのである。

ライオンにも愛はあるでしょう、と言う人はいるが、それは人間なら、エロスという言葉で表される「性愛」である。しかし人間は「好み」とでも訳すべき「フィリア」と、自己を捨てて他者に利することさえ可能にする「アガペー」という「理性の愛」とでもいうべきものも持ち得るのである。アガペーだけがほんとうの愛を示すのだが、それはしばしば自分の命を犠牲にして、他者を救う行為までを可能にする。

現代ほど、人権とか、正義とか、人類愛とかがうたわれる時代もない。我が子供の時に、辛うじて生身の人間として出会った人たちは、特別に高等教育を受けたとか、当時はごく普通に認識されていた身分的格差の上層に生まれて、一種の特権階級として暮らした人たちではなかった。私の家族の知人たちは、皆、それぞれに苦悩と共に生涯を生きる人たちだった。

しかし現代は、極く普通の人たちまで、苦悩の人生を生きることを自分に許さない。誰でもが病気を治してもらえ、誰でもが食べることができ、誰でも学びたい者は、かなりの高等教育まで受ける権利を有するという。誰でもが、電気と水道を使う恩恵を受け、テレビの電波が自宅まで届くことを当然と思う。もちろんこれらができることがいいことだというのは間違いない。

しかし昔の人たちはそれらのことが不可能だったから、常に暗いうちひしがれた現実の生活の上に立っていた。貧しさは履物もない素足を伝って大地から体の芯まで染みた。救ってくれる人も制度もなかったから、現世で背負わねばならない重荷は、背骨にまでがっしりと伝わるものだった。人々は、足と背骨から、生活や人生の重さを認識した。

しかし今の人たちは、誰もそんな「愚かなこと」をしない。食えなければ政府が生活保護で救ってくれるだろう。重いものは、自分で運ばなくても、宅配便で別送すればいい。コンピューターの前に座って必要なキイさえ押せば、たいていの知識の必要事項はすぐ出てくる。エベレストに実際に登らなくても、同じような体験は、ビジュアルな資料を探し出して、すぐに見ることができる。

かくして、人間は足のない浮遊人間になるか、背骨のない軟体動物になる。足から伝わる温度や感触もなく、背骨に堪（こた）える重力的な苦痛もないと、小説の題材は、どうしても抽象的、かつ異次元の体験だというものに傾きがちになる。昔は、腹が減って寒さに震える男がいただけで、彼が焚き火の傍で、一杯の温かい汁を飲ませてもらう光景を思い描くことに深い意味があった。

現在、寒さに震えている男も仕事で疲れ切った男も実生活にはいると思うのだが、我々の日常生活では簡単には外側から見えない。彼らはただで、デパート、銀行などに入ってソファに座り、暖もとれるのだ。そうしたみじめな暮らしを生きる人々の存在が社会悪として許されていないので、現実にも消されがちで、人々の心の中に実在しないもののようになりがちなのだ。

個人としても民族としても、日本人は自立の精神を失った。生きるために必要なすべてのことを、自分でできない人や状況が増えたのである。自立とは、つまり足から頭までが堂々と繋がっている状態のことだ。

自分で食べ物を得て、調理すること。水を確保すること。暑さ寒さを防ぐこと。敵から自分の身を守ること。食うために稼ぐこと。子供を育てること。それらの力を、自力で基本的な分だけ確保することが必要だと思わない人が増えたのである。

私はほんの数人、生活保護を受けている人を知っているが、彼らに共通する特徴は、皆性格的に気分のいい人たちだということだ。しかし彼らは、将来のことは常に「何とかなる」と思ってきた点で共通している。しかし現実に、老後の自分を生かす経済的基盤は、「何とかなる」ものではなかったのだ。

自分を生かす時間的空間的、また物質的精神的な要素のあり方を、連続して大地から足へ、足から背骨へ、そして頭脳へと、一連の繋がりのあるものとして把握することのできない人間は、無気味であり、危険である。

言葉を換えて言えば、たとえ不細工ではあっても、その連続した感覚を確保している人間は、どのような未知な外界の様相の解釈も可能にするのである。しかし繋がりもなく、すなわちいびつな自己も歪んだ現実も意識になく、最近風の言葉で言えば極く一般的な、常識的なヴァーチャル・リアリティーに酔える人の発想は宙に浮いていて、創造的な仕事にも向いていないし、徳も哲学もないから、国際社会の中で恐らく通用しないだろう。

大地に繋がった人間は「署名入りの書類」のように安心できる。書類に書いてある内容を見て、これは拒否しよう、これならいい、と判断をつけることも可能だ。しかし署名のない書類は、ほとんど価値がない。それは一般論で、特に取り上げることもないからである。

甘い見方で、二十一世紀を日本人が乗り切れるとは思えない。人口が減れば不景気になるのも当然だし、休みを増やして働く時間が減れば、経済が失速するのも止むをえない。ストライキ、職場放棄、デモ、放火、破壊工作、すべては国家の体力をてきめんに削減する有効な方途である。

衆をたのまずとも、現代の日本では各人が思うように生きることができる。なぜなら、選挙制度が途上国と違って一応まっとうに機能しているからである。ただ自立の精神を失えば、国防も教育も成功しない。国家が一夜にして瓦解する悪夢もあり得るだろう。それもまた、「想定外」の事態である。

老人教育
——「必ず人はいつかは死ぬ」という覚悟

先日、或る高齢の医師と話し合っていたら、最近目立つのは、高齢者が勉強不足だという点だという。高校か、大学か、とにかく勉強を終えてから、もう何十年と経っている。その間、確かに人生体験は増えたろう。多くの人に会っているのも事実だ。しかしその割には、本も読まず、ものを考えるということもせず、老年は呑気に暮らせばいいと甘えた考えをしている年寄りが多いのだ、と彼は言う。

驚くのは、自分が死ぬとは思っていないらしい老人もいるのだという。政府がもっと医療福祉に力を注ぎ、難病が治るような新薬が開発されれば、まるで死ななくて済むほど長生きができる、と漠然と考えている高齢者が恐ろしく増えたのだという。

もう一つの誕生日

――運命を受け入れる心の準備

実際に武道を習得している人たちが、何を習うのか、私は知らないが、スポーツとしての武道は別として、昔のように真剣勝負が行われる時代を想定したら、決していつも穏やかに、汗を拭いながら家路につくという運命だけが待っているものでもないだろう。傷を負うか、命を失うかの場合もあるだろう。そのような極限の状態を想定しない武道は、多分あり得ないと思う。

ということは、武道においてもまた、人間は死を考えるものだ。実際になると、想定していたことのほとんどが役に立たなくて、初めて直面する運命に慌てふためくのが人間というものだ、という気はするが、どうも現在の日本では、死を予想する機会も能力も、我々に欠けすぎているような気がする。

私が育ったカトリックの学校では、子供たちに、いつも死を考えさせていた。もちろん脅かすようなやり方ではなかったけれど、私たち人間は、永遠の前の一瞬を生きるにすぎないのであった。私たちはつまり「この世では旅人」なのである。だからできれば、納得をもって死を迎え入れ、むしろそれを永遠の生への入り口として喜ぶように、という思想が、子供ながら伝わってくるような空気があった。もちろん、私たちの死の日を、ラテン語で「ディエス・ナターリス（誕生日）」というのだということを知ったのはずっと後のことだが。

絶対に負けない、というくらいの心構えがないと、勝てないのだろうとは思う。しかし私が生きた人生では、勝つばかりではなく、耐えるほかはないことも多かった。だから、希望通りにならなくても、柔軟にその運命を受け入れる心の準備が必要だ。

そして人間は最後に誰でも死ぬ。死は決して敗北ではないけれど、それに備える人間を作ることも、多分武道の精神の中に入るだろう。私はこの頃、みごとに死んでいく人の話を読んで学ぶことも、ずいぶん好きになった。

壮麗な墓標

――登山家の全生涯を包むマッキンレーの光

身も蓋もない言い方になるが、私は母たちが生きてきたような時代に戻りたくない。一口で言えば、封建的空気の強い時代であった。

お風呂はお父さんが一番先に入らねばならない。床の間の前には、やはりお父さんが座る。お母さんが台所でどんなに重いリンゴ箱や、漬け物石を持ち上げようとしていても、お父さんは「手伝ってやろうか」とか、「それは俺が持つ」とは言わない。

私は何もかも現代が好きだ。洗濯機がない時代の洗濯なんて地獄だった。ガスの火でご飯を炊くのはちょっとおもしろくて得意だったけれど、火加減を傍についていて見なければならない。冷蔵庫なるものは、氷屋さんが切った氷を配達するのを毎朝受け取って、二つの室に分かれた冷蔵庫の上の氷室に二貫（七・五キロ）の氷を入れなければならない。うちではそれが子供の私の役目だったから、ますます恨みは深い。氷を持つと手が冷たくてしびれた。

何もかも現代万歳だが、時々わずかに昔はよかったと思うことはある。昔の人は誰もがもっと忍耐強く、遠慮ということを知っていた。現代は、賢い人は遠慮を知っているが、愚かな人は野放図に権利だけを主張する。

日本はここ数年、集中豪雨がある度に土砂災害に見舞われるようになった。その上火山まで活動期に入ったのか、噴火に巻き込まれる人も出てくる。どの場合も、被災者救援、ことに行方不明者の捜索には、警察、自衛隊、消防、それにボランティアたちと、たくさんの人たちが救援に出た。制度も次第に整備されてきて、現場で初期の救急医療ができるような特別な医師団も出動するようになった。

壊れた家屋を片付けることは重機があれば実に簡単だが、流れてきた巨石や、マサ土と呼ばれる風化花崗岩（かこうがん）の泥の下から遺体を見つけ出すことは、非常に困難な作業だ。テレビで見ていても、泥に埋まった足を一歩抜き出すだけで数十秒かかる泥濘（でいねい）の中を歩いて救援活動をしなければならないような現場は、男性の体力をもってしても非常に苛酷な状況である。そういう作業をする人たちに、私たち市民は、どれだけ感謝を捧げているかしれない。

これから先が、私の本旨である。こうしたすばらしい救援を受けられることは、日本人の幸せだが、幸運は受ける方に自制も要る。私だったら、生存の可能性を失った期日後には、行方不明の家族の遺体捜索を遠慮すると思うのだ。ところが、最近は何十日かかろうと、最後の一人まで探すのが当然という風潮が出てきた。

もしかすると壊れた家の下で生きているかもしれない、と思える時期なら、人手を増やして探し続けるのが当然だろう。今まで「水なしで生きられる期間」の最長は二週間と言われていた。

たった一人の遺体捜索のために、延べにすると、数千人が、莫大なお金を使った。東日本大震災後はいつまで遺体を探したのか私は知らないし、他人がそれを要求する場合は決して反対はしない。しかし自分の家族の場合だったら、生存の希望がない状態になったら、遺体捜索は中止してもらう。何としても、もう生かす手だてがないと思われる場合は、遺体がこの山か海のどこかで眠ることを納得しよう。そして生きている人たちの生活を圧迫しないようにしようと思うだろう。それが戦前から伝わる、一種の遠慮という賢さだったように思うのだ。

それでも愛する者の、遺体の一部を手元に取り戻して葬りたい、と願う気持ちも私にはよくわかる。そこで新しい制度の創設を願うのだ。それは全日本人が、二十歳の成人式を祝う時に、髪の一部と爪を、どこか政府の設置した安全保管施設に預けるという習慣である。もちろんそれより幼い子供も、事故には遭う可能性はあるだろう。しかし奇禍に遭う恐れが増えるのは、大人になって社会生活を始めてからだ。

政府は、崖崩れにも、火山の噴火にも、集中豪雨にも、津波にも遭いそうにない最高の安全が期待される山中に、国民の個人記録保存庫を作り、規定の期間に遺体が出ない場合には、そこから「遺体」の一部を、遺族に返せばいい。そうすれば墓に納める遺体がない、という悲しさは避けられる。その上、この制度は、国民が国の内外で、事故や犯罪に遭って、個人識別がむずかしくなった時にも、素早くＤＮＡサンプルを提供できるようになる。そして今回のようにその人が帰ってこないとなった時、遺族には、お墓に納められるような遺体の一部を返せるというわけだ。

遠慮というものは、決して他者に要求することではない。しかし自分の家族一人の遺体を発見するために、人手とお金を使いすぎることもまた、あまり美しいことではない。私たちは社会の一員として生きており、受けていい恩恵にも限度があることを普段からはっきり認識しておくことだ。

登山家の植村直己さんは、一九八四年にアラスカのマッキンレーの冬季単独登頂に成功した帰路に行方を断ち、未だに現地に眠っている。その数年後に、私はたまたまオーロラ取材のためにアラスカに行った。オーロラは北緯六十五度線上で、それより北に明るい大都市のない地点でよく観測される。私は朝方アンカレージで小型機に乗り換え、さらに北部の町へ向かった。その途中に、植村さんが消えたマッキンレーの氷河のすぐ前を飛んだ。朝だったので、マッキンレーの渓谷は、祝福の光とでも言いたいような朝日の輝きを、谷いっぱいに湛えていた。

私の眼下には、雄大な氷河が開けていた。それはこの世のものとも思われないほど清明に光り、生涯、山の美学には縁がないと思っていた私の心にも感動が溢れた。

何という雄大ですばらしいお墓だろう、と私は思った。マッキンレー全体が、植村さんの墓所であった。それは自然に、英語で霊廟を意味する「モウソリウム(mausoleum)」という言葉を思い起こさせた。光に輝くマッキンレー全体が、まさに植村直己氏の全生涯を記念する霊廟であった。

東北の懐かしい海、御嶽山全体、広島の懐かしい山裾、その全体が、亡き人のお墓だと思えばいいのではないか。普通だったらそこに葬ることを許されない人でも、事故の犠牲者には許される。そう考えて、生きている人には苛酷すぎ、しかも遭難した人を生きて救うことにはならないむだな救援活動は、一定の医学的な根拠に基づいた期間だけで、後は中止する制度があってもいいだろう。

遠慮ということは、決して生きる権利を不当に放棄することではない。遠くを慮ることのできる人間の叡知を示したものなのだ。

黄金の瞬間
——息をのむ夕陽の美しさ

三浦市にある私の家でも、季節はどうも普通より早目にやってくる。

毎年二月に、私の手作りの粗餐を食べにいらしてくださるお客さまがあるが、私は必ず蕗（ふき）の薹（とう）を探しに庭に下りる。ない、ように見えてもある年が多いのだ。母に蕗の薹の料理など習ったことはないのだが、何となく自分流に蕗味噌を作る習慣がある。

私は東京育ちで、家の近所で精進揚げの材料を採ってくるなどという発想は全くなかった。しかし三浦市で時々暮らすようになって、家の周辺で草摘みをすることを覚えた。芹の辛子和えなどが最初だった。蕗もフェンスの近くに密集して生えていた。

次に欲を出して、タラの木を植えた。若芽を天ぷらにすると、実においしい。タラの木をどんどん増やして、今や我が家の春は、タラの芽だらけだ。枝を切ってちょっと土に差しておくだけでいくらでも芽が出る、とも教わったが、それはバタリー式の鳥小屋で、むりやりに鶏に生ませた卵みたいで、まだそこまで阿漕な「生産」はしていない。

春は日が長くなって、夕食の時に天ぷらを揚げかけていると、落日になることが多い。誰かが「夕陽を見なさいよ！」と声をかけるので、私はその度に深刻に悩む。夕陽を取って天ぷら油の温度が一度下がってしまうのを納得するか。それとも夕陽を見るのを今日は諦めるか、である。

夕陽は輝く黄金の時間だ。海全体が金色に染まっている。こんなに豪華できらびやかでいいのか、とさえ思う日がある。死ぬ日がこんなにきれいだったらどんなにいいだろう、とも思う。さしていいこともしていないのに、西方浄土のお迎えが来たかと錯覚できるだろうから。

＊左記の作品以外は、河出書房新社より刊行した『人生の旅路』（二〇一一年十月）、『生きる姿勢』（二〇一三年五月）、『酔狂に生きる』（二〇一四年七月）、『人生の収穫』（二〇一五年五月・河出文庫）、『人生の原則』（二〇一六年二月・河出文庫）、『生身の人間』（二〇一六年四月）、『不運を幸運に変える力』（二〇一六年十二月）を再編集の上、追記・加筆しました。

記

『人生の醍醐味』（扶桑社新書　二〇一九年五月）より
「夫の介護人として」（「道義心を失った日本の企業」改題）
「時に危険なジョークは頭を活性化させる」
「「自立した生活」こそ最高の健康法」
「「手抜き」「怠け」の精神にも効用がある」
「高齢者の務めとは」（「一億総活躍時代――高齢者の務めとは」改題）
「尽きることなき笑いの種」（「正義、人道主義を振りかざせば言論人か」改題）
「平穏な冬の朝、夫の旅立ち」

「東京新聞」（二〇一八年三月五日）より
「夫の後始末、その後」

曾野綾子（その　あやこ）
一九三一年、東京生まれ。聖心女子大学文学部英文科卒業。七九年、ローマ教皇庁よりヴァチカン有功十字勲章受章。八七年、『湖水誕生』で土木学会著作賞受賞。九三年、恩賜賞・日本芸術院賞受賞。九五年、日本放送協会放送文化賞受賞。九七年、海外邦人宣教者活動援助後援会代表として吉川英治文化賞ならびに読売国際協力賞受賞。二〇〇三年、文化功労者となる。一九九五年から二〇〇五年まで日本財団会長を務める。二〇一二年、菊池寛賞受賞。著書に『無名碑』『神の汚れた手』『天上の青』『夢に殉ず』『哀歌』『晩年の美学を求めて』『アバノの再会』『老いの才覚』『人生の収穫』『人生の原則』『生きる姿勢』『酔狂に生きる』『生身の人間』『不運を幸運に変える力』『靖国で会う、ということ』『私の漂流記』『夫の後始末』『人生の後片づけ』『死生論』『人生の醍醐味』等多数。

介護の流儀
人生の大仕事をやりきるために

二〇一九年五月二〇日　初版印刷
二〇一九年五月三〇日　初版発行

著　者　曾野綾子
装　丁　坂川栄治＋鳴田小夜子（坂川事務所）
装　画　オオノ・マユミ
発行者　小野寺優
発行所　株式会社河出書房新社
〒一五一−〇〇五一
東京都渋谷区千駄ヶ谷二−三二−二
電話　〇三−三四〇四−一二〇一（営業）
　　　〇三−三四〇四−八六一一（編集）
http://www.kawade.co.jp/
印刷・製本　中央精版印刷株式会社
Printed in Japan　ISBN978-4-309-02803-3

河出書房新社・曾野綾子の本

酔狂に生きる

人間は、自由で破格な生き方ができる。自由は楽しいが怖い。自由には保証がない。自由は容易に攻撃される。それを承知で自由を選んだ者が解放された人生を知る。曾野流酔狂の極意！

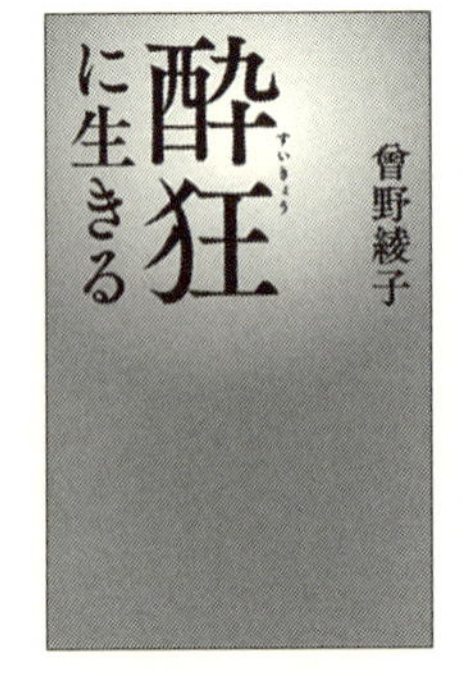

生身の人間

私は自然体で生きてきた。それが一番楽だったからだ——。対立し、共存し、人生とぶつかりながら、人は初めて生きることのおもしろさに息をのむ。老いてこそ至る自由の境地、60篇。